Siddhartha, Eine indische Dichtung

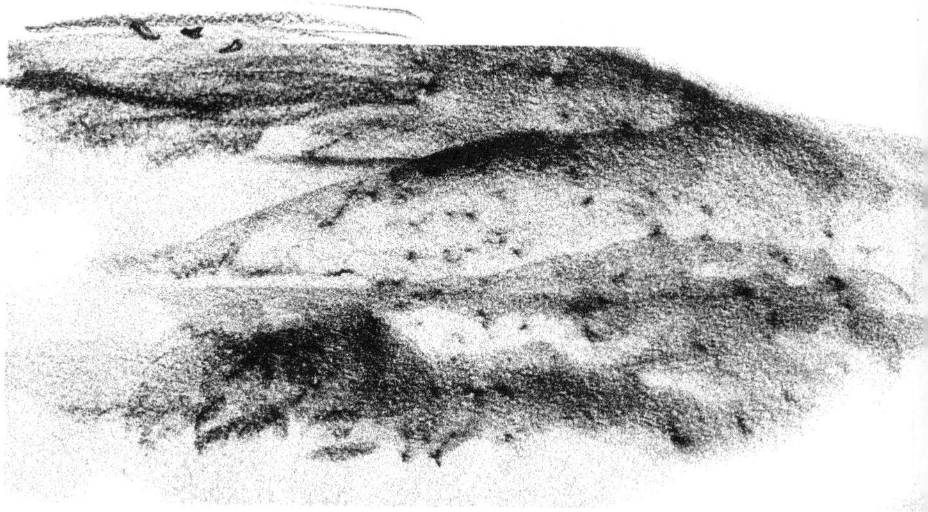

流浪者之歌——印度詩篇

Hermann Hesse 赫曼·赫塞　柯晏邾——譯

目錄

附錄

詩篇・還原

柯晏邾

赫塞是個詩人，不僅就廣義而言。只要是稍微熟悉赫塞作品的讀者應該不難發現，在他的著作裡多少都會出現一些短詩，而他的晚年鉅著《玻璃珠遊戲》更收錄了十三首長詩。但是只因為這些詩作，我們就可以稱他為「詩人」嗎？他的作品難道不是以敘述文為主體？

德文的「詩人」（Dichter）和「文學作品」（Dichtung）有相同的字根，而西方文類「敘述文／散文」（Prosa）也是由「史詩」（Epos）直接演化而來，「詩」的形態甚至意味就在文類的發展當中，逐漸從散文當中消失。現代文學作家或單一作品大多擇一而為，詩和散文之間出現清楚的界線。但是偶爾我們會驚喜地在詩當中清楚看到敘事的脈絡，或者在敘述文的字裡行間嗅到詩的意味，感覺到詩的節奏脈動。

《流浪者之歌》就是這樣的作品。第一眼並無法從文本外在形式發現詩的蹤跡，但是如果朗讀德文文本，第一段就能察覺這個文本明顯不同於散文的地方：最初四個短句之間只以逗號分開，刻意省略串連文意的連接詞，以「陰影」為主要意象，第一、三和二、四句隱隱對稱呼應，引出悉達塔眼中、心中的陰影，而我們甚至不必藉助西洋詩韻分析的技巧，詩的韻律和節奏依舊觸動鼓膜，這種詩的意味在第一章尤其濃厚。詩的意象，濃縮的語言，清楚或隱蔽的譬喻在全文之間不時浮現，甚至以短詩般的文句鑲嵌在敘述文句段落裡，呈現悉達塔修行法門時的心境幻化，或是表現出主角初覺醒時的心無罣礙，意識的飛揚跳脫。和其他同時代作品比較，好比托瑪斯．曼（Thomas Mann）的小說，甚至和赫塞其他的作品比較起來，這樣的手法都是獨一無二的。這樣的文字律動──為赫塞作傳的雨果．巴爾直接表示，《流浪者之歌》的文字裡有音樂[1]──突破了散文的侷限，成為本書的一大特色。

西方詩韻和中文詩律大不相同，近宋詞而遠唐詩，要把德文的詩翻譯成中文有基本的困難之處，然而我們並不因此放棄傳達赫塞文本特出之處，盡力在這個中譯本之中保留赫塞的「文字音樂」，希望讓中文的讀者也能感受到赫塞吟詠般的文字。

或許讀者此時會浮現一個問題：赫塞為何選擇以這樣的文字風格來說這個故事？為何不中規中矩地以散文來表現故事內涵，而是把詩韻瀰漫、暈染在字裡行間？我們也許可以從《流浪者之歌》這本印度詩篇究竟有多「印度」來討論。

從赫塞的生平得知，赫塞和印度的關係可以追溯至他的祖父輩。他的外祖父不僅是長居印度的傳教士，更是研究印度文化的學者，通曉幾十種印度方言，編輯許多印度文獻百科，而赫塞的母親在印度出生，也能說數種印度方言。赫塞從小就在他外祖父塞滿印度文獻的書房裡流連，和他的兄弟姊妹一起唱著印度教的傳統經典——印度教有許多經文正是口頭流傳而非立於文字的。可以說這樣的詩韻從赫塞幼年起就在他的血液裡流動。

而赫塞對印度教的喜愛也許就在那是一種深入庶民生活的宗教——想像赫塞到印度旅行的時候，他一定不只一次聽到這樣的旋律，可能在祭祀慶典之間，可能出自目不識丁的農夫口中，或是被船夫詠唱著，讓他發出由衷的讚嘆，讚美印度教的思想美妙地被轉化成荒誕或神奇的故事，不斷被傳唱[2]——

而這正是赫塞對宗教的理想：宗教不必是高深的思想體系──他本身所屬的基督新教正是這種把信仰從生活抽離成抽象的理性系統的代表，而這也是他對新教不滿的地方──宗教應是一首簡單的詩歌，是一種生活態度，可以隨時慰藉任何有所需求的心靈。

然而赫塞對印度／印度教並非毫無批判的，在他的東方之旅之中（一九一一年經印度、中國到東南亞的馬來西亞等地），看到印度當地生活之後，他對印度的看法已經改變，幼時美好印象的現實面是經濟上的落後，平民生活艱苦而缺乏活力，他也許因此不再那般重視印度教，轉而將觸角更深入其他東方哲學系統。他當然熟悉同樣誕生於印度的另一種宗教──佛教，據赫塞自己的說法，曾經有好幾年的時間，佛教是他的信仰所在，是他唯一的心靈慰藉。[3] 然而在他書寫《流浪者之歌》的時候，他對佛教的看法已經改變，認為佛教的世界觀之中沒有神的存在，只有純粹理性的觀點，只能從佛法當中得到個人救贖，這一點其實是和新教類似的。不論他對佛教的看法是否正確，[4]他的確認為佛教在某些層面就像改革過的印度教，自有其優點，然而他仍看重在他眼中——姑且如此形容——比較感性、感官的印度教。赫塞完成《流浪者之歌》的第一部之後，歷經了一年半的躊躇才著手寫作第二部，從他的書信可以得知，其中原因在於他當時還不知道要讓覺醒的婆羅門之子走向什麼樣的道路，他無法描述自身尚未經歷的道路。雖然他個人的實際生活多所困頓，對自己的人生道路感到迷惑，這些的確影響他的寫作，但是他對佛教及印度教的取捨必定左右了他對故事的安排：悉達塔走向世間，走進生活，而非鑽進任何宗教系統。

赫塞和東方思想的關係不止於此，佛教和印度教只是浮現在本書文字表面而清楚可見的，其實赫塞當時對道家老莊——尤其是《道德經》——以及儒家思想多所涉獵。在他寫作《流浪者之歌》的這段時期，也就是一九二〇年代，已經有許多這方面的書籍被多次翻譯成德文，而赫塞不時在報章發表他對這些譯本的評論，甚至比較同一部經典的不同譯本之優劣，儼然是當時德語地區的東方哲學專家。而他也曾多次表示，他其實已經捨印度教、佛教而就儒、道，對《道德經》非常推崇。當悉達塔對葛溫達說明知識可以用文字傳達，智慧卻是無法言傳的，雖然可以從佛教來理解這個觀點（例如禪宗），但是這個說法也令人不禁想起《道德經》所說的「道可道，非常道，名可名，非常名」。

綜觀而言，赫塞雖然把故事背景安排在印度，借用佛陀的名字（悉達塔），提及許多印度經典，但他並不試圖書寫一個佛教或是印度教的故事，以赫塞本人的話來說，那只是一種「外衣」，並未深入觸及印度教義的核心。對他而言最重要的是探討「個人」和「一體」的關係：他之所以引進重視一體的東方宗教以及哲學系統，寫成這樣一個故事，為的是讓西方讀者認識到追求個體性是好的，但是不必因此視群體為對立面，兩者是相輔相成的，而「一體」這個概念，人與萬物合一，不僅在印度教當中，在儒、釋、道三家之中都是非常重要的概念，更是道家最中心的思想。赫塞想寫的不是任何一派哲學思想，也不是任何宗教的教義，而是尋求所有思想體系共通的普世價值。

於是印度對本書的獨特印記只剩下印度教經典的散文詩格式：他刻意切斷文字的連結，讓「意義」可以從文字解放出來，使思想得以輕颺，卻又連綴成一完整故事，揭露本書最終主旨，這完全符合他透過悉達塔想要傳達的

「知識可以言傳，智慧只由體驗」——不拘泥於文字邏輯與文類形式，而是體驗文字，感受文字的脈動，讓讀者自行想像、理解，給讀者傾聽自心聲音的空間。這難道不是亞里斯多德《詩學》所主張的「內容與形式統一」？

赫塞是個詩人！

1 請參考雨果．巴爾（Hugo Ball）：《赫曼．赫塞與東方》(Hermann Hesse und der Osten)，撰於一九二六年，收錄於米夏埃里斯．佛克（Michaelis Volker）編纂《流浪者之歌文獻資料》（Materialien zu Hermann Hesses Siddhartha，以下簡稱《文獻》）第二冊，頁 54-69。

2 可參考《文獻》第一冊，頁 79。文獻中赫塞對印度教在這方面的讚美其實俯拾皆是。

3 同上，頁 122。

4 佛教分支眾多，即使大乘佛教之下也有解、行並重的宗派，遑論依舊帶著濃厚印度教色彩的小乘佛教。

發光的傷口——閱讀《流浪者之歌》

吳旻潔（誠品董事長）

多年後，再次閱讀赫曼．赫塞的《流浪者之歌》——這部作為讓我從此認定赫曼．赫塞是我這一生最喜愛的作家的作品——真誠的讚嘆與喜悅如泉湧般，滋潤了日復一日在商業計量生活中打轉的、躁懼的心。

我越來越明白，生命中，若要能超越自尊、自負、自卑、自憐、自厭、自棄等種種以自我為中心的習氣，悲傷的重要、傷口的必須。

傷悲，因為感受著終究徒勞無功的原地打轉。

傷口，因為陷入膠著於求而不得的痛苦掙扎。

是這樣的。只有經歷當下認為再也無法承受了的哀傷，只有默默忍耐傷口持續的發燙與燒灼，我們才有機會具足真正謙卑聆聽的同理之心，才有機會開啟自身關照世界的無盡慈悲。

是這樣的。縱然離苦求樂的習氣，總是在第一時間抗拒傷悲之感受、預防受傷的可能。縱然巨大的悲傷可能襲捲不退使人沉溺、初時炙痛的傷口可能變成持續自我哀憐的藉口，我知道，這仍是無法避免、驚險、但只得勇敢迎向的唯一道路。

心融化了、心柔軟地、不再排拒與判斷，超越自憐與自尊，發現了溫柔接納世界的道路。

「他的微笑發出光芒，當他看著朋友，這時悉達塔臉上也亮起同樣的微笑。悉達塔的傷口開花了，他的傷悲發出光芒，他的自我已經融入一體。在這一刻，悉達塔停止對抗命運，停止受苦，他的臉上綻放出領悟後的明朗，再也沒有意志與之對立，認識到圓滿，認同諸事之河，認同生命巨流，充滿悲憫，充滿同喜，同流沉浮，融入一體之中。」

這就是傷悲與傷口的禮物，讓流浪的旅人同樣歌唱著、卻不再流浪。

Hermann Hesse
Siddhartha

第 一 部

敬愛的羅曼・羅蘭！

一九一四年秋天以來，我突然也感覺到近來開始蔓延的精神窘迫，而我們從各自陌生的彼岸向對方伸出手，同樣深信跨越國界的必要性，從那時起我就期望能向您表示我對您的敬愛，同時也檢驗我的寫作成果，讓您一探我的思想世界。請您接受我將這尚未完成的印度詩篇獻給您。[1]

您的摯友

赫曼・赫塞

（題於一九二一年）

1 譯註：一九一四年歐戰爆發，當年十一月赫塞於《新蘇黎世日報》（Neue Züricher Zeitung）發表了〈朋友，不要這種心態〉（O Freunde, nicht diese Töne），勸誡當代文人、知識分子不應迷失在國族／軍國主義的狂熱之中，而是應該為了和平而奮鬥。這篇文章一出，赫塞受到其他德國知識分子的撻伐，卻也引起法國作家的注意，羅曼．羅蘭就是其中之一，於是在一九一五年二月主動寫了一封信給赫塞，兩人的友誼於斯開展。後來兩人同樣為逃避戰爭而到達瑞士，羅蘭投身日內瓦紅十字會工作，赫塞則在伯恩協助戰俘，兩人書信往返不在話下，更曾多次互訪。當時德國軍國主義氣燄高漲，對反戰人士的不寬容形成相當壓迫的氛圍，而在赫塞眼中更是種整體精神性的壓抑，所謂「精神窘迫」當為此之謂。

婆羅門之子

屋影，河岸船邊陽光下，娑羅樹蔭，無花果樹遮蔽下，是悉達塔成長之地，俊美的婆羅門[2]之子，年輕的飛鷹，與朋友亦是婆羅門子弟的葛溫達一同長大。沐浴、淨身、獻祭，河邊的陽光晒黑了光滑的肩膀；芒果林下，男孩嬉戲間，母親吟唱，神聖祭儀，受父親、學者教導，與智者對話，陰影流進他的黑眼珠。長久以來，悉達塔早在一旁參與智者的對談，和葛溫達練習辯論，一起練習觀察的藝術，護持冥想。他已經知道如何默念「唵」[3]，萬言一字，息入時向內、息出時向外默念，心念集中，額頭充滿澄澈心神的光芒。他已經知道由自性認知梵我[4]，無可摧毀，天人合一。

他的父親為這孩子感到欣慰，看到這個受教、渴求知識的孩子將會長成一個偉大的智者和祭司，婆羅門之中的貴族。

他的母親看著他就滿懷幸福，看著他前行、坐下、起身，悉達塔，強者，美男子，以瘦長的雙腳步行前進，極其優雅地向她行禮。

悉達塔走過城市街道，婆羅門的年輕女兒就滿心愛意，他的額頭發光，君王的眼神，瘦削的臀部。

然而比所有這些女孩都更愛悉達塔的是葛溫達，他的朋友，婆羅門之子。他喜愛悉達塔的眼睛和溫和的聲音，走路的樣子，還有全然優雅的動作，他喜愛悉達塔所做、所說的一切，最愛悉達塔的心靈，高尚而熱情的思想，熱切的意志，崇高的天命。葛溫達知道他不會成為平凡的婆羅門，不會是懶散的祭司，不會變成販賣經咒的貪心商人，膚淺的空談者，邪惡、狡詐的術士，也不會變成群眾裡的蠢才。不，而葛溫達也不想變成這樣的人，不想成為無數婆羅門之一。他想追隨悉達塔，跟隨衷心敬愛之人，偉大的人。等待悉達塔將來成神，進入光明之中，那麼葛溫達將追隨他，當他的朋友，當他的同伴，他的隨從，他的步卒，他的影子。

所有的人就是這般喜愛悉達塔，他為每個人創造快樂，帶來喜悅。

然而他自己，悉達塔，不曾為自己帶來快樂，不曾讓自己感到喜悅。走在無花果園輕快的道路上，坐在園林藍色的陰影下，每天在懺悔沐浴時清洗身體，在樹影深深的芒果林裡獻祭，容貌如此彬彬有禮，受到所有人的喜愛，所有的人都因他而感到快樂，然而他的內心並無喜悅。夢境，種種想法不斷從河水湧出，從夜晚的星辰散發出來，在陽光下融化，夢境襲來，心神紛擾，如祭祀之輕煙，從《梨俱吠陀》[5]的詩句吹來，從古老婆羅門教誨滴落。

悉達塔內心這些不滿日漸累積，開始感覺父親的愛，母親的愛，以及他的朋友葛溫達的愛，並不總是令他快樂，未嘗使他平靜，讓他滿足，令他遂意。他開始猜想，他尊榮的父親和其他老師，智慧的婆羅門，他們已經把大部分最好的智慧都傳授給他，已經傾其所有灌注到他飢渴的容器裡，然而這個容器並未因此滿溢，他的心靈並不以此為足，靈魂並未因此而安定，心猶未平靜。淨身是好的，然而那只是水，無法洗去罪惡，無法解除心靈飢渴，未曾消解心頭憂慮。祭祀和呼喚神明是很好——然而這就是全部了嗎？祭祀帶來幸福嗎？那麼眾神又如何呢？果真是眾生之主[6]創造了這個世界？難道不是梵我，那唯一的，無二的？難道神的軀殼，不就像你、我一樣，會因時光而破敗，不是無常的嗎？那麼祭祀神祇是好的，是正確的，是有意義而最崇高的行為嗎？如果不向它，那唯一的梵我獻祭，那麼應該對誰表示崇敬呢？而梵我何處可尋，它常駐何處，它的永恆之心在何處跳動，如果不是在本我之中，在最深處，在無可摧毀之處，在每個人之中？而何處，何處是這本我，最深處的，最終的「我」？不是血肉、四肢，不是思想或意識，大智者這般教誨。那麼何處，「我」在何處？要往哪裡深究，往本我，通向我，朝向梵我——可有值得追尋的另一條路？啊，沒有人能指出這條路，無人知曉，父親不知，老師和智者不識，祭祀的聖歌未曾指引！婆羅門和他們的聖書知曉一切，他們知道一切，他們關注這一切以及其他許多事，世界如何創造，語言如何誕生，食物、吸氣、吐氣，感官的規律，神祇的作為，他們所知無窮無盡——然而如若不知那單一而唯一最重要、無比重要的事，知曉這一切可有其價值？

當然，許多聖書上的詩篇，尤其是闡釋《娑摩吠陀》[7]的奧義書[8]，都提到這最深、最終而偉大的詩，有云「即心娑婆」，亦云人在眠臥沉睡時觸及內心，駐於梵我。這些詩篇有著美妙的智慧，所有大智者的知識盡在詩篇神奇文字之間，如蜂採蜜之醇。不，知識深遠博大不容小覷，是智慧婆羅門無數追隨者所集所藏——然而有哪些婆羅門、祭司、智者或修行者不僅知道最高深的知識，而且遵而行之？哪些智者能從睡夢中常駐梵我覺醒，進入生命，亦步亦趨，行如其言？悉達塔認識許多崇高的婆羅門，尤其是他的父親，淨者，學者，至尊無比。他的父親令人驚嘆，沉靜而舉止高貴，他的生活純淨，言語智慧，腦中是細緻而崇高的思想——然而即使是學識淵博如父親，他就一定生活幸福，平靜？難道他不也是一個追尋者，飢渴的人？難道他不需一再前往神聖之泉，像個口渴的人啜飲，從獻祭、書本以及和婆羅門交談來滿足渴望？為何他，無可指摘的人，每天淨身除罪，每天勤於潔淨自身，每天重新來過？難道梵我不是在他的自性之中，泉源不是自他的內心湧出的嗎？必須找到本我之中的泉源，由本我自行湧現！其餘的都是追尋，迂迴而行，是迷惑。

這就是悉達塔的想法，是他的飢渴，他的苦受。

他常對自己念誦《歌者奧義書》[9]裡的句子：「無偽，梵名是真——無虛，知之者如常駐天界。」那境界顯得如此接近，天界，然而他從未完全到達，最終的飢渴未曾消解。而他所識的智者、大智者，他們的教誨為他所享，而他們之中無人曾真正到達天界，也無人曾完全消解永恆的飢渴。

「葛溫達，」他對朋友說：「葛溫達，摯友，和我一起坐到榕樹下吧，我們該練習冥想了。」

他們走向榕樹，坐下，悉達塔在一邊，葛溫達距離二十步之遙。悉達塔一邊坐定，準備好念唵，低聲重複念誦詩句：

「唵如弓，心是箭，
梵為鵠，矢志必中。」

例行冥想的時間過去之後，葛溫達站起身來，夜已降，該是晚間淨身的時候了。他呼喚悉達塔，悉達塔卻沒有回答，而是依舊坐定冥想，雙眼定在非常遙遠之處，他的舌尖微微突出牙齒之間，似乎沒有呼吸。他就這麼坐於定中，觀想唵，心如箭，向梵而去。

某日幾個沙門[10]經過悉達塔所在的城市，他們是行腳的苦行僧，三名瘦弱、形銷的男子，既不老也不年輕，肩膀滿是灰塵與血跡，幾乎裸身，被陽光灼傷，被寂寞圍繞，對世界顯得陌生又有敵意，陌生人如消瘦的狐狼來到人類的國度。他們身後蒸騰著氣息，是無聲受苦，是入滅，是無情的自我摧毀。

當天晚上，觀想之後，悉達塔對葛溫達說：「明天一早，我的朋友，悉達塔要加入沙門一行，成為沙門。」

葛溫達聽到這些話，他臉色發白，從他朋友不動的臉上看到決絕，就像脫弓飛出的箭無可轉圜。葛溫達第一眼就看出：就是現在了，悉達塔開始走上自己的道路，他的命運開始發芽，而隨著他的就是我的。他的臉色發白像是風乾的香蕉皮。

「啊，悉達塔，」他喊著：「你的父親准許嗎？」悉達塔像個大人似的看著對方，飛快地讀著葛溫達的心思，看到他的憂慮，他的服順。

「啊，葛溫達，」他輕輕地說：「我們不要白費口舌了。明日天一亮，我就開始沙門的生活。無須多言。」

悉達塔走進房，他的父親坐在樹皮墊上，他走向父親身後，站定，直到他的父親察覺到他站在身後。婆羅門說：「是你嗎，悉達塔？想說什麼就說吧。」

悉達塔說：「如你所允，我的父親。我來是想對你說，我明天想離家苦行，我想成為沙門。希望父親不要反對。」

婆羅門沉默著，而且靜默那麼長的時間，小窗裡物換星移，斗室裡的沉默才終止。沉默而一動不動的兒子交叉著雙臂，沉默而一動不動的父親坐在墊子上，而星辰走過天際。父親於是說：「婆羅門不合說出激烈而憤怒的話語，然不悅動搖我心。我不想從你的口中再聽到這個請求。」

婆羅門緩緩起身，而悉達塔依然交叉雙臂，靜靜站定。

「你還等什麼？」父親質問。

悉達塔說：「你知道的。」

父親不悅地走出房間，不悅地睡下。

一個鐘頭之後，睡意未曾入眼來，婆羅門於是起身，來回踱步，走出屋門。從斗室小窗看進去，看到悉達塔依舊站在那兒，交叉著雙臂，神識不亂。父親的淺色上袍蒼白微泛，內心紛擾，回到自己的臥鋪。

一個鐘頭之後，睡意依舊未曾入眼來，婆羅門再度起身，來回踱步，走到屋前，眼見月已東升。從斗室小窗望進去，悉達塔站在那兒，神識不亂，雙臂交叉，兩隻赤裸的小腿映照著月光。滿心憂慮，父親回到床上。

再過一個鐘頭他又回來，兩個鐘頭過去他又過來，從小窗看去，看到悉達塔兀自站著，在月光中，在星光下，在黑暗裡。他一個又一個時辰地過來張望，望進斗室，看著神識不亂站著的那人，他的心中充滿憤怒，充滿不安，他的內心滿是猶豫，滿是傷悲。

最後的夜晚時刻，破曉之前，他又前來，走進斗室，看到年輕人站著，顯得高大又陌生。

「悉達塔，」他說：「你在等什麼？」

「你知道的。」

「你要一直這麼站著、等著，直到白日來臨，午時過去，夜晚降臨？」

「我會站著，等著。」

「你會累的，悉達塔。」

「我會累。」

「你會睡著的，悉達塔。」

「我不會睡著。」

「你會死去，悉達塔。」

「我會死去。」

「而你寧可死去，也不願順從父親？」

「悉達塔總是順從父親。」

「那麼你會放棄自己的打算？」

「悉達塔會做父親告訴他的事。」

白天的第一道光線射進斗室，婆羅門看到悉達塔的雙膝微抖，但他的臉龐不動，他的雙眼依舊看著遠方。於是父親知道悉達塔這時已不在他的身旁，已不在家鄉，已經遠離。

父親撫摸悉達塔的肩膀。

「你將要，」父親說：「遁入山林，成為沙門。如果你在山林裡找到極樂，就回來開示我極樂。如果你感到失望，那麼也回來，讓我們再次一同祭祀神明。現在去吧，親吻你的母親，告訴她你將遠離。而我也該是時候去到河邊，做第一次淨身。」

他把手從兒子的肩上放下，走了出去。悉達塔試著走動的時候倒向一邊。他強挺起肢體，向他的父親行禮，前往母親那兒，好完成父親告訴他該做的事。

當他在第一道晨光中擺動僵硬的雙腿離開依然沉寂的城市，在最後一座茅屋邊立起一道原本蹲坐的陰影，加入行腳僧的行列——那是葛溫達。

「你來了。」悉達塔說了，微笑著。

「我來了。」葛溫達說。

2 婆羅門，印度教種姓制度中的頂層種姓，是世襲的祭司階級。

3 唵，發音為「Om」或「Aum」，為印度語三元音A、U、M的組合。在印度教中，「唵」是宇宙中所出現的第一個音，也是嬰兒出生後發出的第一個音。

4 梵我（Atman），印度教概念中，「梵」是宇宙萬物賴以構成之根本，「梵」無所不在。「梵我」就像是「梵」裝在人的軀體當中，是精神的精髓。

5 梨俱吠陀（Rig-Veda），「梨俱」意為歌頌，「吠陀」意為知識。是口傳保存下來的古印度經典，也是印度教四大吠陀經典之首，其中的詩歌除了頌神之外，也包含了各種世俗詩歌。

6 眾生之主（Prajapati），印度教中的造物主。

7 娑摩吠陀（Samaveda），「娑摩」（Sama）意為「典禮的聖歌」，亦為印度教四大吠陀經典之一。

8 奧義書（Upanishaden），是後人對吠陀經典的討論和闡釋，以對話錄形式寫成，內容含括冥想、世界的本質、「梵」和「梵我」的關係等等哲學思考。

9 歌者奧義書（Chandogya-Upanishada），討論《娑摩吠陀》的奧義書之一。

10 沙門（Samana），原意為「苦行者」。與婆羅門信仰不同的僧侶，不認為人可經由祭祀升天，而相信輪迴。

沙門

當天傍晚他們趕上苦行僧，瘦削的沙門，兩人表示同行之意，表達服從，他們被接納了。

悉達塔將他的袍子送給街上一名貧窮的婆羅門，只剩遮掩下體的一塊布，以及一條未加縫製的土黃色披巾。他每天只進食一次，從不吃熟食；他齋戒十五天，又二十八天。肉從他的大腿和臉頰消失。他變大的雙眼裡閃爍著熱切夢境，乾枯的手指上指甲變長，下巴滿是乾燥、蓬亂的鬍子。遇到女子之時，目光變得冰冷；走過城市看到衣著華美的人，嘴角就因為歧視而抽動。他看到商人交易，諸侯狩獵，喪家為死者哭泣，妓女出賣身體，醫者照料病人，祭司決定播種之日，戀人愛憐，母親哺乳——這一切都不值他入目，一切只是虛妄，臭不可當，因謊言而發臭，所有一切捏造出意義、快樂和美麗，一切只是不願承認的腐敗。世間皆難，有生皆苦。

悉達塔有個目標，唯一一個：入於空境，無欲、無念、無幻、無喜、無悲。從自我死去，再也無我，得到自心空明的平靜，在無我的思想裡面對神妙，這是他的目標。如果超越一切我而死去，如若心中所有渴求和慾念都止息，那麼究極之境必將甦醒，是最深自性，不再是我，一大奧祕。

悉達塔默然立於直射陽光下曝晒，因痛苦而燃燒，因飢渴而燃燒，依然直立，直到他再也感覺不到痛苦和飢渴。他默然立於雨中，雨水從他的頭髮經過凍僵的肩膀，經過凍僵的雙臂和雙腿，懺悔的他依舊站定，直到肩膀和雙腿不再冰冷，沉默、安靜下來為止。他默然蹲踞荊棘之間，血從灼熱皮膚滴下，從膿腫潰瘍流出，而悉達塔執意停留，不動停駐，直到血不再流出，再無物能刺傷，再無物能燒灼。

悉達塔筆挺坐著，學習少息，少息而存，學習止息。以呼吸開始，他學到平撫心跳，減少心跳，直到心跳越來越少而幾乎不再跳動。

受到最年長沙門的教導，悉達塔練習去除我執，練習入定，依循新的沙門法門。一隻鷺鷥飛過竹林——悉達塔將鷺鷥收在心裡，飛過樹林和山丘，變成鷺鷥而食游魚，感受鷺鷥的飢餓，如鷺鷥鳴叫，如鷺鷥死去。沙岸邊有隻死去的狐狼，悉達塔的心神進入屍體，變成死去的狐狼，躺在沙岸邊，鼓脹，發臭，腐敗，被鬣狗咬碎，禿鷹啄去牠的皮，成了一堆骸骨，成了塵土，吹落田野。悉達塔的心神回返，曾死去，曾腐敗，曾成灰，嘗過了輪迴的抑鬱狂熱，帶著重新湧起的渴望，如獵人般守候著那個空隙，能逃脫輪迴，終結緣起，展開離苦永恆的地方。他抹煞自己的感官，自己的記憶，從他的自我遁入千百個陌生的形象，曾是動物，曾是腐屍，是石頭，是木頭，是水，發現自己每次都重新滌淨，太陽或是月亮照耀，而他又重回自我，在輪迴中擺動，感覺飢渴，克服飢渴，重新感覺飢渴。

悉達塔從沙門處學到許多，學到許多離棄自我的法門。他踏上離棄自我的道路，忍痛，自願受苦，克服痛楚，飢餓，乾渴，疲勞。他走上離我的道路，冥想，面對一切境而不生心。他學著走上這條或那條道路，離我千百次，幾個小時、幾天停駐在無我之中。而不管這些道路是否引導他離我，最後依然回歸於自我。不管悉達塔是否離我千百次而駐於無，駐於動物，駐於石頭，回返依舊無可避免，無法逃離重回自我的時刻，日光月照，陰暗或雨隙，又重回自我成為悉達塔，再度感受輪迴的苦難。

葛溫達在他身邊，他的影子，走上同樣的道路，一般地奮力。他們極少交談，除非勞務和修行需要。有時他們一起走過村落，為自己和上師乞討食物。

「你怎麼想呢，葛溫達，」悉達塔有一回在乞討的路上問道：「你認為我們有進步嗎？我們達到目的了嗎？」

葛溫達回答：「我們學習，而我們還要繼續學下去。你會成為偉大的沙門，悉達塔。你很快就學會任何法門，老沙門經常為此而讚嘆。你會變成聖人的，悉達塔呀。」

悉達塔說：「在我看來卻非如此，吾友。到目前為止，我從沙門那兒學到的，葛溫達呀，我本來可以學得更快、更利索。在娼窯區的任何酒鋪，我的朋友，置身馬夫和賭徒之間我可以學得更快。」

葛溫達回說：「悉達塔可是和我說笑吧。你怎麼可能在那些可憐人中間學習入定，學習止息，學習無感於飢餓和痛苦？」

而悉達塔有如自言自語般輕聲說：「何謂入定？何謂離身？何謂齋戒？何謂止息？那是逃離自我，暫時逃離自我的折磨，是對抗生命之痛苦與荒謬的短暫麻醉。此等逃離、此等麻醉正是趕牛人在酒舍裡喝下幾盅米酒或者椰子奶酒之後所尋得，於是再也感覺不到自我，再也感受不到生命的苦痛，得到短暫的麻醉。他對著酒碗酣酣入睡後找著的，正是悉達塔和葛溫達長久練習逃離驅殼所找到的，在非我之中停留。如此這般哪，葛溫達。」

葛溫達接話：「你雖這麼說，我的朋友，卻知道悉達塔不是趕牛人，而沙門不是酒徒。飲者自得其迷醉，自得其短暫逃離與少歇，卻從幻境回返，見一切如舊，未嘗增長智慧，未曾集納識見，未曾更上層樓。」

悉達塔微笑著說：「我不知道，我不曾飲酒。然而我知道，悉達塔在習練入定之間也只找到短暫的迷醉，依舊遠離真智，一如母親懷中的孩子離解脫之遙遠，我很清楚啊，葛溫達，我知道的。」

又有一次，當悉達塔與葛溫達離開樹林，到村子裡為師兄和老師乞討食物，悉達塔開始說：「你怎麼看呢，葛溫達，我們走在正確的道路上嗎？我們接近真知了嗎？我們接近解脫了嗎？或者我們只是繞著圈子——而我們卻想著走出輪迴？」

葛溫達說：「我們已經學了很多，悉達塔，卻還有許多要學的。我們沒有繞圈子，我們向上而去，圈子是個螺旋，而我們已經向上攀了幾階。」

悉達塔回問：「你覺得我們最年長的沙門，崇高的上師，他有多少年紀了？」

葛溫達說：「我們長老應該有六十歲了。」

而悉達塔說：「他已經活了六十年卻仍未達涅槃，往後依舊這般活到七、八十歲；還有你和我，我們也會變老，我們會修行、齋戒、冥想，然而我們不會進入涅槃，他不會，我們也不會。葛溫達啊，我想沒有任何一個會達到涅槃。我們找到慰藉，我們陶醉，我們學會自我欺瞞的技巧，卻找不到那根本，道中之道。」

葛溫達說：「不要說出這般可怕的話啊，悉達塔！這麼多有識之士，這麼多婆羅門，這麼多嚴謹而崇高的沙門，這許多求道者，如此好學而神聖的人，怎麼會無人發現這道中之道？」

悉達塔卻以充滿悲哀和諷刺的聲音，輕輕的，有些感傷，有些揶揄的聲音回答：「快了，葛溫達，你的朋友即將離開沙門之路，那條他和你共同走了那麼久的路。我因渴望而苦啊，葛溫達，在這漫長的沙門之路上，我的飢渴並未稍解。我依然渴求知識，依然充滿疑問。我曾問道婆羅門，年復一年，曾鑽研神聖的吠陀經，年復一年，也曾問道虔誠的沙門，年復一年。或許，葛溫達，若我問道於犀牛還是猩猩，也會是同樣的好、聰明而有效。我已耗費多年，學習依舊未見盡頭，葛溫達呀：人根本學不會啊！我相信，事實上根本沒有『學習』

這回事。我的朋友啊，唯有一種覺，無所不在，那就是梵我，在我之中，在你之中，在一切有生之物之中。於是我開始相信：這種覺的大敵唯有知的慾望，唯學習是敵。」

葛溫達於是站定了，舉起雙手說：「悉達塔，不要用這樣的話令你的朋友擔心！真的，你的話在我的心中激起憂慮。只要想想：祈禱的神聖何在，婆羅門的崇高何在，沙門的神聖何在，若果真如你所說，沒有學習可言?!噢悉達塔，世間一切神聖、珍貴、崇高的將會如何?!」

於是葛溫達低聲自語著奧義書中的詩句：

「靜思默想，澄淨之心，駐於梵我，心中之喜不言自勝。」

然而悉達塔不語，他想著葛溫達說的話，想到那些話的末尾。

是了，他想著，低頭站著，我們眼中神聖的一切還剩下什麼？還有什麼？有什麼能留存？他搖了搖頭。

於是，這兩個年輕人跟著沙門生活，一同苦修了三年之後，他們因緣際會聽到一個消息，一個流言，一個神話：有個人出現了，一位名叫戈塔瑪[11]的人，是個上師，是佛陀，克服了世間的苦，停止轉世輪迴。他沿途傳教，受到年輕人的敬愛，身無長物，沒有家業，沒有妻累，身著苦行僧的黃袍，卻是展眼舒眉，是位聖者，婆羅門和貴族都對他行禮，想成為他的弟子。

這個傳說，這個流言，這個神話流傳開來，四處升起，城市裡的婆羅門談論著，樹林裡的沙門議論著，戈塔瑪，活佛，這個名字一再出現，傳到年輕人的耳朵裡，好話或壞話，讚美或詆毀。

好比在瘟疫肆虐之地傳來消息，有個人，一位大智慧者，有能之人，只憑一句話、一個氣息，就足以治癒受疫病所苦之人。這個消息傳遍四方，每個人都議論紛紛，許多人相信，許多人懷疑，但有更多人立刻啟程尋找這位智者、救苦者，於是那個神話傳遍各地，活色生香的戈塔瑪神話，釋迦族[12]智者佛陀的神話。信徒如是說，他掌握最高的智慧，知曉自己的前世，已入涅槃而不再輪迴，再也不淪入眾相的濁流。許多偉大而難以置信的事蹟被傳誦著，他現示神蹟，戰勝惡魔，與神交談。他的敵對者和不相信的人則說，這個戈塔瑪只是個虛偽的誘惑者，每天過著糜爛的生活，輕忽祭祀，不學無術，既不修行也無視禁慾。

佛陀的傳說聽來美妙，生出種種神奇之事。世間即病，有生皆苦——而看啊，這裡似乎有一湧泉，一聲呼喚，充滿撫慰，溫柔，真摯的許諾。佛陀的傳言所及之處，印度各地的年輕人就側耳傾聽，滿懷渴望、希望，大小地方的婆羅門子弟歡迎任何行腳僧以及陌生人，只要他們帶來無上尊者釋迦牟尼佛的事蹟。

這些傳說也傳到樹林裡的沙門耳裡，傳到悉達塔及葛溫達耳裡，慢慢地，一點一滴，每一滴都滿載希望，每一點都是無限懷疑。他們很少談論這事，因為沙門長老並不稱許這些傳說。他聽說這名所謂的佛陀曾是苦行僧，在樹林裡生活，卻退轉而回到舒適和聲色世間，他覺得戈塔瑪根本不足一提。

「噢，悉達塔，」有一次葛溫達對他的朋友說：「今天我到了村子裡，有個婆羅門邀請我進屋，而在他屋裡還有名來自摩揭陀王國[13]

的婆羅門子弟，他曾親眼見過這位佛陀，聽他說法。我當時真是胸中灼熱，思及：真希望我，希望我們兩個，悉達塔和我，也能經歷那個時刻，從那位大成就者的嘴裡聽聞佛法！我的朋友，你說說，我們難道不該動身前往聽聞佛陀說法嗎？」

悉達塔說：「啊，葛溫達，我一直都以為葛溫達想留在沙門這裡，我總以為葛溫達的目標是留在這裡直到七老八十，勤奮實踐沙門的法門。但是如今看來，我對葛溫達的認識並不夠呢，我並未十分瞭解你的心意。所以我最珍貴的朋友，你如今想踏上新的道路，前往佛陀說法之處。」

葛溫達說：「你儘管嘲笑吧，就取笑我吧，悉達塔！難道你心裡沒有湧起渴望和念頭，不想聽聞佛陀說法嗎？你不是曾經對我說，你已不想繼續依循沙門之路了嗎？」

聲音裡含帶著一抹幽暗的悲傷，一層嘲諷的薄幕，悉達塔以這般奇特的方式笑答：「你說得沒錯，葛溫達，你記得沒錯。但是你一定也記得曾聽我說起，對上師教導的學問和學習感到懷疑，不大相信上師的話語了。但就這樣吧，親愛的朋友，我準備好前去聽聞佛陀說法——雖然我內心以為，我們其實已經知道這些法的精髓了。」

葛溫達說：「你樂意隨行讓我開心。但是告訴我，尚未聽過戈塔瑪的法之前，我們怎麼可能已經知道其中的精髓了呢？」

悉達塔說：「就讓我們享受這些精髓之處，一邊期待其他的吧，葛溫達！我們眼下就該感謝戈塔瑪的這些法義讓我們離棄沙門行止！不管佛陀能否給我們其他更好的，朋友啊，就讓我們靜心等待吧。」

當天悉達塔就告訴沙門長老他的決定，說他即將離開沙門。他禮貌而誠敬地稟告負責督導年輕沙門和學生的長老，沙門長老卻大怒，聲色俱厲地責罵他們。

葛溫達嚇了一跳而尷尬起來，悉達塔卻將嘴巴湊向葛溫達耳邊，輕聲對他說：「我現在要讓長老見識一下，瞧我從他那兒所學到的本事。」於是悉達塔踏步走向沙門，心神集中，開始用他的眼神對住長老的眼神，盯住對方，使對方無言，令對方沒了主意，折服他的意志，命令他一聲不吭地完成悉達塔要他做的事。老者沉默下來，他的眼神呆滯，意志混沌，雙臂下垂，無力地屈服在悉達塔的法力之下。悉達塔的意志強過沙門，沙門不由貫徹悉達塔的意念。於是老者多次彎身行禮，做出祝福的表情，結巴地說出遠行祝願。而兩個年輕人就感謝地回禮，應答祝願，行禮而去。

葛溫達在路上說：「悉達塔啊，你從沙門那兒學到的超過我所知。要迷惑一位老沙門很難、非常困難。的確，如果你繼續留在那裡，你也許很快就學會在水上行走了。」

「我並不渴望在水上行走，」悉達塔回答：「老沙門才會對這些法術志得意滿。」

11 戈塔瑪（Siddhartha Gotama），佛陀的原名，或譯喬達摩。

12 釋迦族（Sakya），古印度的一個種族，接近今尼泊爾地方的一個小部落，也就是史實中佛陀出身的民族。因此佛陀又被尊稱為「釋迦牟尼」，意為「來自釋迦族的修行成就者」。

13 摩揭陀王國（Magadha），位於恆河中下游地區（約在今印度東北部）的王國，佛陀在此地度過重要修行講道時期。

戈塔瑪

舍衛城[14]的每個幼兒都知道尊者佛陀之名，每戶人家都準備好接待尊者的弟子們，布施給靜靜托缽的僧人滿滿的食物。城邊的祇園精舍[15]是戈塔瑪最喜愛的居處，是富裕的商人「給孤獨」[16]獻給佛陀及其弟子的禮物，他是世尊虔誠的弟子。

兩個年輕苦行僧一路詢問戈塔瑪的所在，而所有的故事和答案都指向這個地方。當他們來到舍衛城，前往第一個人家化緣之時就得到食物，他們收下食物，悉達塔詢問施食的婦人：

「善心人，我們想知道佛陀至尊的所在，因為我們是林子裡的沙門，來見那圓滿成就的尊者，想親耳聽聞他的法語。」

那婦人說道：「林子裡的沙門，你們來對地方了。好教你們知道，尊者就住在祇園精舍，在給孤獨園裡。你們遠來的行腳僧可以在那裡過夜，那裡有足夠的地方收留各地湧來的人。」

葛溫達聽了很高興，開心地說：「太好了，已經到達目的地了，我們的路途終於到了盡頭！但是請告訴我們，求道者的慈母，你認識佛陀嗎，你曾親眼看過他嗎？」

那婦人回答：「我曾見過尊者許多次，許多日子我都看見他走過巷子，不發一語，穿著黃色的袍子，安靜地將他的缽伸向門前，然後帶著滿滿的缽離開。」

葛溫達興致勃勃地聽著，還想再問一些、再多聽一些，但是悉達塔提醒他該繼續前進。他們道謝，然後上路，而且幾乎不需多問路，因為不少行腳僧和戈塔瑪僧團的人正要前往祇園精舍。當他們夜晚到達精舍，發現不斷有人前來，眾人呼喊談論著要睡在哪裡。這兩名習慣樹林生活的沙門快速而無聲地找到棲身之所，休養生息直到天明。

太陽升起時，他們兩人驚訝地看到竟是那麼大一群人，信徒和好事之徒都在此過夜。在這神聖精舍的所有路徑上，僧侶穿著黃袍來回走動著，隨處坐在樹下觀想打坐，或作佛法問答，這陰涼的花園看起來就像個小城，處處人聲低語有如蜜蜂嗡嗡。大部分的僧侶捧著缽出發，好在城裡化緣當作午餐，一日當中唯一的一餐。佛陀，覺者本人也是，習慣早上出門化緣。

悉達塔一看到佛陀立刻就認出他來，有如受到神明指引。悉達塔眼看著他，一個樸素的人一身黃色袈裟，把缽托在手裡，靜靜地走出去。

「你看！」悉達塔輕聲對葛溫達說：「這人就是佛陀。」

葛溫達仔細地看著這身著黃袈裟的人，和其他數百名僧人顯得毫無分別，然而葛溫達也隨即認出：這人正是佛陀。於是他們跟在佛陀身後，觀察著他。

佛陀謙卑地走著，沉思著，他安靜的臉龐既不快樂也不悲傷，有如向著內心輕輕地微笑著，隱隱地微笑，沉靜，安詳，和一個健康的孩子不無相似，佛陀就這麼走著，穿著袈裟，就像他所有的僧眾一樣步行，依循明確的規矩。然而他的臉龐和他的步伐，他安詳低垂的目光，安詳垂下的雙手，就連那安詳垂下雙手的每一根手指都訴說著平和，透露出圓滿，不求不趨，在綿延無盡的平靜裡緩緩地呼吸，在綿延無盡的光裡，在無法沾染的祥和裡。

戈塔瑪就這般走進城裡化緣，而兩名沙門僅以他完美的從容就認出他，他身形平靜，無冀無欲，不忮不求，唯見光明與平和。

「我們今天一定要聽他親身說法。」葛溫達如是說。

然而悉達塔沒有回答。他對那些法門不是那般好奇，他不認為這些法能讓他有什麼嶄新的理解；就像葛溫達一樣，他早已再三聽聞佛法的內容，即使是二手或三手的轉述。他只是注視著戈塔瑪的頭，他的肩膀，他的腳，注視他靜靜垂著的雙手，而悉達塔覺得這隻手上每根手指的每個關節都是佛法，訴說著，呼吸著，發出馨香，閃爍著真相。這個男子，佛陀，全身無一處不真摯。這男子是神聖的，悉達塔從未這般崇敬過一個人，他從未敬愛任何人如敬愛這個人。

他們兩人隨著佛陀走到城裡，然後默默地折回，因為他們今天想禁食。他們看到戈塔瑪回來，坐在弟子之間進食——吃的還不足以餵飽一隻鳥——然後看到他坐回芒果樹蔭下。

到了傍晚，熱氣消退，營地裡一切都活潑了起來，大家聚在一起，聽佛陀開示。他們聽著佛陀的聲音，於是也一切俱足，完全的平靜，充滿平和。戈塔瑪開示何謂苦，苦的源頭，離苦之道。他平靜的話語和緩清澈地流過。有生皆苦，世間皆苦，然解脫之道已經出現：皈依佛法之人即得解脫。

世尊以溫和卻堅定的聲音開示四聖諦、八正道[17]，耐心如常地說法，說譬喻，再開示，他的聲音洪亮而沉靜地拂過聽講者，如光芒，如繁星夜空。

當佛陀開示結束，夜已降，一些朝聖者走向前去，請求加入僧團，皈依佛法，而戈塔瑪接受他們的皈依，說：「眾已聞法，法已示，入於聖境，斷一切苦。」

看哪，這時葛溫達上前，那原本內向的人，他說：「我也要皈依世尊和佛法。」並請求加入沙彌僧團，也被接受了。

接著因為佛陀要回去休息了，葛溫達轉向悉達塔，急切地對他說：「悉達塔，我無權指責，我們都聽了世尊的開示，葛溫達聽聞佛法，皈依了佛法。而你，我敬愛的朋友，難道你不想走上解脫道嗎？你還猶豫，還要等待嗎？」

悉達塔聽到葛溫達的話而如夢初醒，他注視葛溫達的面容良久，然後輕聲地、不帶一絲揶揄地說：「葛溫達，我的朋友，你已經踏出那一步，你已經選擇了自己的道路。葛溫達呀，你一直都是我的朋友，你一直都走在我後面一步。我常想：葛溫達會不會哪天自行踏出一步，自己發心，不需要我的指引呢？看哪，如今你已成年，選擇了自己的道路。希望你從一而終，我的朋友啊，願你得到解脫！」

葛溫達尚未完全會意，只是不耐煩地重複他的問題：「你倒是說啊，拜託你，我親愛的朋友！告訴我，沒有其他可能，你，我博學多聞的朋友，也要皈依世尊！」

悉達塔把手放在葛溫達的肩膀上：「你沒有聽到我的祝福，葛溫達。我再說一次：願你從一而終！願你得到解脫！」

這一刻葛溫達才意識到他的朋友已經離開他了，於是開始哭了起來。

「悉達塔！」他埋怨地喊著。

悉達塔友愛地對他說：「不要忘了，葛溫達，你現在是佛陀沙彌的一分子了！已經斷了家鄉和雙親，斷了出身和家業，斷了自己的意志，斷了友誼。這就是佛法要求的，世尊要求的，這是你自己要的。明天，葛溫達呀，我將會離開你。」

兩個人在樹林裡漫步良久，躺臥良久而無法入眠。葛溫達不斷向朋友追問，要悉達塔解釋何以不想皈依戈塔瑪的佛法，悉達塔究竟覺得這個佛法有何缺失。但是悉達塔每每只是拒絕，他說：「別抱怨了，葛溫達！世尊的佛法是非常好的，我如何可能在其中發現缺失呢？」

第二天一大早有名佛陀弟子，最年長的僧人之一，穿過園子，召集所有剛皈依的人，好為他們披上黃色的袈裟，開示他們最初的教法和應盡的責任。

這時葛溫達毅然起身，再次擁抱他少年時代的朋友，然後加入沙彌的行列。

悉達塔卻思索著在精舍裡漫步。

這時他遇到戈塔瑪，世尊，悉達塔尊敬地向佛陀行禮，而佛陀的眼神充滿善意和平靜，年輕人於是鼓起勇氣，請求世尊准許和他交談。世尊靜靜地頷首允可。

悉達塔說：「昨日，世尊，我有幸得聞你神妙的佛法。我和朋友一同遠道而來，為的就是聽聞佛法。如今我的朋友將留在此地，他已經皈依於你，我卻即將重新踏上行腳之路。」

「如君所願。」世尊禮貌地回答。

「我的話或許放肆，」悉達塔接著說：「但是在我對世尊坦白心中想法之前，我不想離開。世尊可願聽我數言？」

佛陀又靜靜地點頭。

悉達塔說：「無上尊者啊，你的心法之中有一點尤其讓我驚訝。事實證明，你的法一切都十分清楚；你將世間示現成一條完整銜接的鏈子，永恆的鎖鏈，因果相循。這是我從未如此清楚看到、如此無可辯駁的現示；任何婆羅門如若以佛法來看這世間，將世間看成完全息息相關、無間相連，如水晶般明澈，不因偶然而牽動，不受神祇的左右，那麼這些婆羅門胸中必然激動不已。世間是好或壞，生命是苦是樂，尚且難以論斷，也可能根本無關緊要——然而世界一體，所有事件的關連，一切大、小事都在同一條巨流之中，都被含括在因果、生滅法則之中，圓滿一切的尊者，你無上佛法已清楚彰顯。但是，根據這樣的說法，一切萬物一體循環卻能在某個地方被打斷，經由一個小缺口，從這個一體世界湧出陌生而嶄新的，某種未曾存在，不可見，無法證明的無名：這是你所說克服世界，解脫的法門。以這個小缺口，這個小小的突破卻能打斷、消弭整個永恆一體世界法則。請容我點出這可議之處。」

戈塔瑪安靜地傾聽悉達塔，沒有絲毫震動。然後世尊以他和善、禮貌而清楚的聲音說：「你仔細聽法了呀，婆羅門子弟，而你這般深入思考也是好的。你在佛法之中找到一個缺陷，一個錯誤。你可以繼續深思，但是要注意啊，渴求知識的人，不要落入識見的叢林和文字之爭。識見本無是非，可能是美好或醜惡，聰明或蠢笨，每個人都能加以附和或譴責。然而你從我這裡聽聞的法並非一種識見，法的目標也不在為渴求知識的人解釋這個世界，而是另有目的，這個目標就是解脫苦。這是戈塔瑪唯一的教導，沒有其他的了。」

「噢世尊，請別生我的氣，」年輕人說：「我並非想和你爭辯，不是為了爭辯文字，這並非我的本意。你說得沒錯，識見本無是非，然而我還要再說明：我未曾片刻對你的心法感到懷疑，未曾片刻懷疑你已成佛，已經達到目標，那至高無上的目標，是無數婆羅門及門徒努力追求的。你已經找到死亡的解脫之道，經由你自己的追尋，以你自己的道路，藉著思考，藉著冥想、體悟、開悟而得，而不是經由任何法！這是我的想法，世尊啊──沒有人會因為法而解脫啊！沒有人，世尊啊，你無能以法來傳達告訴他們，你在開悟的那一刻發生在你身上的事！已開悟的佛陀心法當中蘊含種種，開示許多，教導如何正確生活，避開邪惡。然而這般清楚而崇高的佛法當中缺少一樣東西：它沒有揭示世尊親身經歷的祕密，在千百人中唯世尊得以經歷之密。這是我初聞法之際所想、所解。這正是為何我要繼續遊歷的原因——不為了別的，不是為了尋找更好的法門，因為我知道這世間沒有更好的法；而是為了離一切法、一切上師，只求達到我的目標或者死去。我將會時常記起今日，世尊啊，以及這個瞬間，因為我親眼見到聖者。」

佛陀雙眼低垂看著地上，完全泰然自若靜默著，難以捉摸的臉龐散發光芒。世尊緩緩地說：「你的想法也許沒錯！願你達到目標！但是，告訴我：你看到我成群的僧眾，我的許多道友已經皈依佛法了嗎？而你相信，陌生的沙門，你認為離開佛法，回歸世間和慾望的生活對他們比較有益嗎？」

「我並無這般想法。」悉達塔大聲地說：「願他們都依循佛法，願他們都達到目標！我無權批判別人的生活！我只能為自己，必須為我單獨一人做判斷，做出抉擇，而我必須拒絕。『離我』是沙門所尋求的，世尊啊。如果我今日加入你的僧團，世尊啊，那我恐怕只是表面上，只是虛假地平息我執，可能似乎解脫了，而事實上卻依然如舊日一般活著，成就偉大，因為我於是可能將佛法，將我的追隨者，將我對你的愛，還有整個僧團變成我的執著！」

半微笑著，不動的開朗和友善，戈塔瑪看著這陌生人的眼睛，然後以幾乎無法看透的表情和他道別。

「你是個聰明人哪，沙門，」世尊說：「你知道如何聰明地說話，我的朋友。切忌聰明反被聰明誤！」

佛陀於是走開，而他的眼光和淺淺的微笑永遠深埋在悉達塔的記憶裡。「我從未看過任何人有這般的眼神和微笑，這般的坐姿和步伐，」悉達塔想著：「真希望我也能擁有這般的眼神和微笑，能這樣坐著和跨步，這般自由，如此莊嚴，這樣安定，這樣坦然，像個孩子又充滿神祕。只有真正深入自性的人才能擁有這般的眼神和步伐。好，我也要探索我的自性深處。」

「我看到的是個人，」悉達塔又想：「唯一一個讓我不敢迎向他目光的人。我將不再迴避其他人的目光，任何人。再也沒有任何法能引誘我，因為這個人的法無能誘惑我。」

「佛陀掠奪了我，」悉達塔心想：「他從我這裡奪去些什麼，卻送給我更多。他奪去了我的朋友，那個相信我的朋友如今信仰佛陀，曾是我的影子，而如今卻是戈塔瑪的影子。但是佛陀把悉達塔，我自己，送給了我。」

14 舍衛城（Savathi），是祇園精舍所在地，距史實中佛陀修行的摩揭陀王國不遠。

15 祇園精舍（Jatavana），史實中的佛陀在此居留說法長達二十多年。

16「給孤獨」原文為 Anathapindika，意為「施給孤苦無依者」，因其為人樂善好施而得名。

17 四聖諦是佛陀的基本教法：（知）苦、（滅）集、滅（苦）、（成）道。知苦而離貪嗔痴，以脫離輪迴。八正道則是佛教徒修行達到最高理想境地涅槃的八種方法和途徑，包含：正見、正思維、正語、正業、正命、正精進、正念、正定。

覺醒

悉達塔離開祇園，佛陀那大圓滿者停駐的地方，葛溫達留駐的地方，他覺得自己到目前為止的生命也被留在林園，離他而去，和他一刀兩斷，緩慢消逝間，他思索這種填滿他的感受。他深深地沉思，就好像透過深沉的水，他讓自己沉到這種感覺的底部，沉思因由所在之處；因為，認識因由在他看來就是思考，而唯有如此能使感受變成認知，因此不會消逝，而是變得根本，開始由其中心發出光芒。

在緩緩沉澱的過程裡，悉達塔思考著，他認定自己不再是個少年，而是已長大成人。他確定有些什麼離開他了，就像蛇蛻去舊皮，不復在他之中，那伴隨他整個少年時期而屬於他的東西：渴望有位導師，聽聞各種法。他也離開了最後一個出現在求道之路的老師，最崇高也最智慧的老師，最莊嚴的佛陀，必須讓自己和他分開，不能接受他的法。

思索的他慢慢地走著，自問：「那麼你原本想從法和導師學習的東西，如今又如何呢？還有那些曾教導過你，卻其實無能教你什麼的那些人呢？」他發現：「我想學習的是自我的意義和本質，我想擺脫、想克服的是自我。然而我無法克服，只能瞞著自我，只能逃離自我，只能躲開自我。的確，世間沒有任何東西像自我那樣讓我的思緒保持忙碌，真是個謎題，有個我活著，有個我和其他人分別開來，有個我是悉達塔！而世界上我最不瞭解的就是這個我，這個悉達塔！」

這漫步的沉思者站定了，被這個想法抓住，而從這個想法隨即跳出另一個，一個新的想法：「我不瞭解這個我，這個悉達塔一直是那麼陌生而難解，這只可能出於一個因素，唯一的一個：我害怕這個我，我在逃避這個我！我追尋梵我，追尋梵，我想切碎、剝開這個我，好在這個我的層層覆蓋下找到那個未知的最中心，梵我，生命，神性，最終點，而我卻迷失了這個自我。」

悉達塔張開雙眼看著四周，微笑浮上他的臉龐，而一種覺醒的深刻感受突破長長的夢幻湧向他直到腳趾。於是他立刻跑了起來，跑得飛快，像個成竹在胸的男人。

「噢，」他深深地呼吸，鬆口氣地想著：「從今以後我不會再讓悉達塔溜走！我再也不讓梵我及世間的苦開展我的思想和生命，我再也不要殺死『我』，切碎『我』，好在碎片後面尋找祕密。瑜伽吠陀[18]再也不是我該學的，也不是阿闥婆吠陀[19]或是禁慾苦行，更不是任何心法。我要向我自己學習，我要當個學生，認識我自己，知道悉達塔的祕密。」

他看著身周有如他第一次看見這個世界，這個世界是美好的，這個世界是繽紛的，這個世界是奇特而神祕的！這是藍色，那是黃色，還有綠色，天空流動還有河流，森林密布還有群山，一切都是美，一切都充滿神祕和魔法，而在這之間，他，悉達塔，覺悟者，走上回歸自我的道路。這一切，所有的黃色和藍色，河流和森林，第一次進入悉達塔的眼中，再也不是魔羅[20]的法術，也不再是摩耶[21]幻境的薄紗，再也不是現象世界毫無意義而偶發的變化，不是深思熟慮、唾棄變化而追求一致的婆羅門所鄙視的幻化。藍即是藍，河即是河，即使在悉達塔心中的藍以及河流的神性隱而不顯，卻也正是這種神性的形態和意義，呈現出這邊的黃色，這邊的藍色，那裡的天空，那裡的樹林，和這裡的悉達塔。意義和本質不在物質的背後某處，而是就在其中，在一切之中。

「我曾經既聾又魯鈍啊！」快步向前的他想著：「如果一個人讀著一本他想探索其中意義的書，那麼他不會輕視符號和文字而稱之為假象、偶然或無價值的空殼，而是讀著書，研究它，愛上它，一個字接一個字。然而我，那個想讀世界這本書，以及有關自我本性的那本書的我，卻因為事先推想的意義而輕視其中的符號和文字，我稱現象世界是個假象，稱我的眼及我的舌是偶發而沒有價值的表象。不，這些都過去了，我已覺醒，我的確已經清醒了，我在今日才誕生。」

悉達塔湧出這些想法的時候，他卻又站定了，突然地，就好像有條蛇橫在他眼前的路上。

因為霎時間他也清楚了：他，真的像個覺醒之人或新生兒的他，必須重新從頭開始他的生活。這天清晨離開世尊的祇園精舍之時，他已經清醒了，已經走向自心的道路，他曾經打算，他原本覺得自然而且理所當然，在多年的苦行清修之後，回到他的家鄉和他的父親身邊。然而現在，就在他立定的這一刻，好像有條蛇橫在前路的這個瞬間，他又清醒地認識到：「我已經不是過去的那個我，我已經不是苦行僧，我再也不是祭司，再也不是婆羅門。我在家裡，在父親身邊要做什麼？讀書？祭祀？冥想？這一切都過去了，這一切再也不是我的道路。」

悉達塔動也不動地站著，片刻呼吸之間他的心凍結了，當他發現自己是如何孤身一人，他覺得那顆心在他胸膛裡僵住了，像隻小動物，像隻鳥或是兔子。多年來他遠離家鄉卻一點都未曾有這般感受，現在他感覺到了。當年不管如何，即使是在最深的冥想之中，他依然是父親的兒子，是婆羅門，屬於上層種姓，是名祭司。如今他只是悉達塔，一個覺醒的人，除此無他。他深吸了一口氣，瞬間僵直而發顫。沒有人像他這般孤單，不再是貴族的貴族，不再是工匠的工匠，都還能在原本的歸屬之處得到庇護，分享他們的生活，說著他們的語言；任何不再是婆羅門的人尚可和婆羅門一起生活，不屬於沙門種姓的苦行僧都能得到沙門的庇護，就連樹林裡最徬徨的隱士都不是孤身一人，也有歸屬之地，也屬於某個階級，有隱士的故鄉。葛溫達變成僧侶，那麼無數僧侶就是他的手足，穿著他的衣著，信仰著他的信仰，說著他的語言。而他，悉達塔，他歸屬何處？他能分享誰的生活？他能說誰的語言？

在這一刻，身周的世界融化消失，只剩他孤身一人有如孤星在天，這一刻，一陣冰冷和怯懦湧上悉達塔心頭，更多的我湧現，牢牢地聚在一起。他感覺到：這是覺醒的最後一陣恐懼，誕生的最後掙扎。而他隨即又邁出步伐，開始急速而不耐煩地走著，不再朝著家鄉，不再奔向父親，不再回頭。

---

18 瑜伽吠陀（Yoga-Veda），似未見於一般古印度經典中，所指確切為何待考。
19 阿闥婆吠陀（Atharva-Veda），印度教四大吠陀經典之一。
20 魔羅（Mara），佛教神話中擾人修行的惡魔。
21 摩耶（Maja），印度教神話中代表幻術的惡神。

第二部

獻給

遠在日本的表弟威廉·袞德爾特[22]

22 譯註：威廉・袞德爾特（Wilhelm Gundert, 1880-1971）是東亞文化學教授，特別專精於中、日佛學，一九〇六年以傳教士的身分在日本東京擔任德文教師，一九二〇至二二年間返德進修取得博士學位，期間亦曾多次拜訪赫塞。一九二七年返回日本，直到一九三六年在東京日德文化中心主導許多研究。

卡瑪拉

踏在路上的每一步都讓悉達塔學到新的事物，因為這世界轉變了，而他為之心醉神迷。他看到太陽升上山頭林梢，落入遙遠的棕櫚沙灘。夜晚看著星辰排列，弦月如扁舟在藍空中優游。樹木、星辰、動物、雲朵、彩虹、岩石、綠草、花朵、小溪及河流，清晨灌木上的露珠閃爍，遠山忽藍忽白，鳥兒鳴唱、蜜蜂輕嗡，風在稻田裡揚起一片銀亮。這一切，百變而繽紛，一直都存在著，日月照耀，河流淙淙，蜜蜂輕嗡，然而從前悉達塔全然無視這一切，從前這些對他只是過眼雲煙，他只是懷疑地觀看，只待思緒穿透而後否定，以為這些不具真性，真性只在浮面之外。如今他開悟的雙眼停留在表象，他的眼睛觀看、認識這可見的世界，在這個世間尋找原鄉，不再尋求所謂真性，不再渴望彼方。這個世界是美的，如果能無所求地看著它，只以單純、童真的眼睛來看它。月亮和星辰是美，河流與河岸是美，森林和岩石，山羊和金龜，花朵和蝴蝶，無一不美。孩子氣地走過這個世界，這般清醒，這般貼近，這般不設防地走過是美好而愉快的。太陽晒在頭上的感覺不一樣了，樹蔭的涼爽不一樣了，河流和水井的水嚐起來不一樣，南瓜和香蕉嚐起來也不同了。白日匆匆，黑夜倏忽，每個時刻都飛快地過去，有如海上風帆，風帆下是滿載寶物的船隻，充滿愉悅。悉達塔看著高高樹頭、樹幹間的猴子遷徙，聽著牠們狂野、放縱的啼聲，又看到一隻公羊追逐著母羊交配，蘆葦湖裡一隻梭子魚獵捕晚餐，前方恐懼的小魚縱身、閃亮地成群躍出水面，力量與激情猛烈地從急促的漩渦噴灑而出，吸引著狂妄的狩獵者。

這一切原本就是如此，只是悉達塔從來都沒看到，他從來未曾參與其中。如今他在這裡，他是其中的一部分。光與影穿過他的眼睛，星與月穿過他的心。

悉達塔在路上還記得他在祇園精舍所經歷的一切，記得在那裡聽到的佛法，記得神一般的佛陀，記得和葛溫達道別，記得和世尊的談話。此刻他又想起自己對世尊說的話，每一個字，驚訝地意識到，他當時所說的話是他那時根本還不瞭解的事。他對佛陀說：佛陀的寶藏和祕密不是佛法，而是那無法言傳、無法教導的，佛陀在開悟的那一刻所經歷到的——那就是他現在要出發、現在開始要去經歷，如今他必須親身經歷的。他其實早已知曉，他的自身即梵我，和梵具有相同的永恆本質。然而他從未真正發現這個自我，因為他想以思想的網子來捕捉這個自我。身體當然也不是那個自我，自我不是感受的遊戲，但也不是思想，不是理智，不是可以習得的智慧，不是可以習得的技巧，不是得出結論，然後從既得想法編織出新的想法。不，思想世界也屬於世間，如果殺死那個由感受偶然編成的「我」，也不會達到任何目標，只是更加餵養思想和知識建構出來的偶成自我。思想與感受，這兩樣同等美好，而在二者背後隱藏著最終的意義，都值得傾聽，可以與之嬉戲，既不輕視也不高估，從二者聽聞內心最深處的神祕聲音。他只追求那個聲音命令他追求的，只停留在那個聲音要他停留的地方。為何佛陀過去，在關鍵的那一刻，坐到菩提樹下而開悟？他聽到一個聲音，自己內心的聲音，這聲音命令他坐到那棵樹下休息，而他沒有苦行、祭祀、沐浴淨身或祈禱，不再不吃不喝，停止不眠而無夢；他聽從那個聲音，只相信那個聲音，而不是外來的命令，那般全心全意，這是好的，是必要的，除此之外沒有任何事是必要的。

那天晚上，他睡在河邊一名船夫的茅屋裡，悉達塔做了一個夢：葛溫達站在他面前，穿著一身苦行僧的黃袍，看起來神情哀傷，哀傷地問：「你為何離開我？」於是他擁抱著葛溫達，用雙臂環著他，當悉達塔把他拉向自己的胸膛，親吻他的時候，那人已經不再是葛溫達，而是一個女人，她袍子底下挺出豐滿的乳房，悉達塔依偎著她的乳房，啜飲著，乳汁甜美而濃郁。那女子的滋味像女人也像男人，像太陽和樹林，像動物和花朵，像各種果實，像各種情慾；她讓人迷醉而失去意識——悉達塔醒來的時候，無色的河流粼光閃閃，穿過門射進茅屋，而從樹林傳來夜鴞清楚低沉的晦暗叫聲。

天亮的時候，悉達塔請求茅屋主人，那名船夫，帶他過河。船夫讓他坐著竹筏過河，寬廣的河面閃爍著晨曦的紅光。

「這是一條美麗的河。」悉達塔對他的同伴說。

「是啊，」船夫說：「一條非常美麗的河，我喜歡這條河勝過一切。我時常聆聽它的聲音，經常看著它的眼睛，我時常向它學習。從一條河可以學到許多。」

「謝謝你，善心人。」悉達塔上岸時如是說：「我無法給你什麼禮物，親愛的朋友，也沒辦法付錢。我是個無根之人，是個婆羅門也是沙門。」

「我看得出來，」船夫說：「我也不指望你付我船資，或是給我什麼禮物。你以後會回報我的。」

「你這麼想？」悉達塔打趣地說。

「當然。我從這條河學到了：一切都會回返！你也是，沙門，你也會再來的。好了，祝你平安！願我能得到你的友誼當作酬謝，希望你在祭神的時候會想到我。」

他們微笑著道別。悉達塔微笑著，為這段友誼以及船夫的友善而感到高興。「他就像葛溫達，」他微笑地想著：「我在路上遇到的每一個人就像葛溫達，每個人都知道感恩，雖然他們本身才是值得感謝的人。每個人都謙卑，每個人都相當友善，樂在服順，很少思考。這些人就像孩子一樣。」

中午的時候他經過一個村子，黏土屋前，孩子們在巷子裡打滾，用南瓜籽和貝殼玩遊戲，大聲尖叫打鬧著玩，然而面對陌生的沙門都很害羞地跑走。村子尾有條路穿過一條河，而在河邊上蹲著一個婦人，正在洗衣服。當悉達塔向她致意，她抬起頭來，微笑地仰望著他，悉達塔看到她的眼白發亮。悉達塔對她說了句祝福的話，就像旅行者之間常做的，問她走這條路還有多遠才會到城裡。這時婦人站起身來走向他，年輕臉龐上溼潤的嘴唇閃亮。她和悉達塔開玩笑，問他是否吃過飯了，還問他沙門是否真如傳說，晚上睡在樹林裡，而且不許親近女性。婦人一邊說，一邊把自己的左腿纏上他的右腿，作出女子向男子求歡時的動作，也就是書本上描述的「爬樹」。悉達塔覺得自己的血熱了起來，又想起他之前作的夢，於是他稍微向著那女子彎身，用嘴唇吻她的棕色乳尖。他仰頭望著女子的臉上滿是情慾的微笑，狹長的眼睛在慾望之中求懇著。

悉達塔也感覺到那股慾望，情慾之源蠢蠢欲動；然而他還未曾碰觸過女性，使他猶豫了一下子，而他的手卻已經要抱住她了。在這一刻他聽到，令他顫慄地——他聽到內心的聲音，而這個聲音對他說不。這時年輕婦人微笑臉龐的所有魔力消失無蹤，他只看到一頭熱情女獸的溼潤眼神。他友善地輕撫她的臉頰，轉身離開她，腳步輕快地從那個失望婦人的眼前消失，走進竹林。

這一天他在傍晚前抵達一個大城，他感到高興，因為他渴望人群。他已經在樹林裡生活了相當長的時間，而他之前借宿的船夫茅屋，是他長久以來第一次在頭上有個遮蔽。

在城市郊區，在一個仔細圍起的園舍前面，流浪者遇上了一小隊帶著小籃子的僕人。隊伍中間四個人抬著一座華美的轎子，色彩繽紛的洋傘下紅色的墊子上坐著一名女子，是一眾的女主人。悉達塔站在這林苑的入口邊上，看著這個隊伍，看著僕人、婢女、籃子，看著這頂轎子，也看到轎子上的女子。在高高挽起的黑髮下，他看到非常白皙、細緻也非常伶俐的一張臉，亮紅的雙脣有如剛結出的無花果，修過的眉毛繪成高高的圓弧，深黑的雙眸聰慧而機靈，光潔修長的頸子突出於綠金雙色上衣，白淨的雙手修長，腕上戴著寬寬的金環。

悉達塔看到這女子是那樣美麗，他的心笑著。當轎子接近的時候，他深深地彎腰行禮，然後又直起身來看著那白皙柔和的臉龐，盯著那聰明而睜大的雙眼片刻，呼吸到一陣他所不知的香氣。那美麗女子微笑著點了點頭，只一瞬間，然後就消失在林苑裡，身後的僕人也跟著消失。

「我是這樣踏進這個城市的，」悉達塔想著：「這樣和善的預兆。」這吸引他想即刻走進林苑，然而一沉吟間，直至此刻他方才意識到，門邊那些僕人和婢女是怎麼看他的，眼神是多麼鄙視、警戒而拒人千里。

「我依然是個沙門，」他心想：「依然是個苦行僧，是個乞丐。我這個樣子不見容於此地，不能這樣走進林苑。」於是他笑了。

他詢問後方路人關於這個林苑的來歷，也問了這女子的名字，得知這是卡瑪拉[23]的林苑，她是位名妓，除了這個林苑之外，在城裡還另有住處。

於是悉達塔進入這個大城，這時他已立定目標。

他朝著目標，讓城市將自己吞沒，漫步於大街小巷，站在廣場上，在河邊石階休息。到了傍晚時分，他已經和一名剃頭學徒混熟了，他看到這學徒在一個拱頂遮蔭下工作，又在一座毗濕奴[24]神廟裡看到他在祈禱，悉達塔對他說了毗濕奴和吉祥天女拉克什米[25]的故事。他睡在河岸船邊過夜，而第二天一大早，在第一位顧客上門之前，他讓剃頭學徒幫他修剪鬍子和頭髮，把頭髮梳整齊並且塗上油。然後悉達塔去河裡沐浴。

等到傍晚，美麗的卡瑪拉行近她的別院的時候，悉達塔就站在入口邊，彎身行禮，並且接受她的回禮，而他對走在最後的僕人招招手，請他向女主人通報，有個年輕的婆羅門想和她說話。過了一會兒僕人回來了，請等待著的悉達塔跟他走，無語地帶著身後的悉達塔走到一座涼亭，卡瑪拉倚在一張躺椅上。僕人轉身離去，讓他們獨處。

「你昨天不是已經站在門外，向我行禮致意了嗎？」卡瑪拉開口問道。

「我的確昨天就已經看到你，也對你致意。」

「但是你昨天不是滿臉鬍腮，頭髮又長又滿是塵土嗎？」

「你看得仔細，你一切都看到了。在你眼前的是悉達塔，是婆羅門子弟，離開家鄉想當個沙門，而且也過了三年的沙門生活。但如今我離開了原來的道路，來到這個城市，而我還未進城之前第一個遇到的人就是你。我就是為了告訴你這件事而前來，卡瑪拉呀！你是第一個悉達塔我不想迴避雙眼而交談的女子。如果我他日遇到美麗的女人，將不再垂下雙眼。」

卡瑪拉微笑著，把玩著她的孔雀羽毛扇。接著她又問：「悉達塔就只是為了告訴我這件事而前來？」

「為了告訴你這些話，也為了感謝你這般美貌。如果不至於冒犯，卡瑪拉，我想請求你當我的情人和老師，因為我對於你所專精的技藝還一無所知。」

卡瑪拉這時大笑了起來。

「這種事從未發生在我身上，朋友啊，居然會有個樹林裡來的沙門來找我，想跟我學習！從來沒有滿頭長髮，身上只圍著一條破爛遮羞布的沙門來找我！許多年輕人到我這裡來，也少不了婆羅門子弟，然而他們都是衣冠華麗地前來，穿著最精緻的鞋子，滿頭薰香，荷包鼓脹。沙門，那些年輕人都是這般打扮，有備而來的呀。」

悉達塔說：「我已經開始向你學習，就連昨天我都有收穫。我已經剃掉鬍子，梳整頭髮，抹上髮油。我只缺一點點，而你在這方面是優秀的：精緻的衣著，漂亮的鞋子，荷包裡的錢。好讓你知道，我曾立志完成比這些小事更困難的事情，也達成了。我又怎麼可能無法達成我昨天決定要做的事：成為你的朋友，向你學習情愛的歡愉！你會發現我好學，卡瑪拉，我曾經學習過的比你要教導我的困難許多。所以，像悉達塔現在這樣，頭髮塗油，卻沒有好衣裳、鞋子和金錢，對你而言尚有不足嗎？」卡瑪拉大笑著說：「不，珍貴的人兒，那還不足夠。他必須穿著衣裳，華麗的衣裳，還要有鞋子，漂亮的鞋子，荷包裡還要有許多錢，還要買禮物給卡瑪拉。你現在知道了嗎，森林來的沙門？你記下了嗎？」

「我記下了，」悉達塔大聲說：「我怎麼可能不記著這樣的一張嘴所說的話！你的嘴就像剛結出的無花果，卡瑪拉。我的嘴脣也是這般紅潤而鮮嫩，一定和你的很合契，你等著看。但是請說說，美麗的卡瑪拉，你難道不害怕來自森林的沙門，來跟你學習愛慾之術？」

「我為什麼要害怕一個沙門，來自森林，出自狐狼群，根本不知道女人是什麼的一個蠢沙門？」

「噢，他是強壯男子，這個沙門，而且他無所懼。他可是能強迫你，美麗的女孩。他可能搶走你，他可能傷害你。」

「不，沙門，我並不害怕。任何沙門或是哪個婆羅門曾害怕，誰會過來抓住他，奪去他的學識、他的虔誠和深思熟慮？不，因為這些都是他的一部分，而他只付出他願意付出的，只交給他願意交付的人，就是這樣，卡瑪拉、愛慾之樂也是如此。卡瑪拉的脣美麗而鮮紅，然而試試違背卡瑪拉的意願而親吻這雙脣，你將不會嚐到一點一滴它們的甜美，那深知如何傳遞甜美的雙脣！你是孺子可教，悉達塔，那麼也學學這個：你可以乞求愛，可以收買愛，可以像禮物一樣收到愛，可以在巷子裡找到愛，但是愛不能強奪。你想了一個錯誤的方法，不，以你這般俊俏的年輕人如果用這般錯誤的手法，那就可惜了。」

悉達塔微笑著彎身行禮。「的確可惜，卡瑪拉，你說得再好不過！太可惜了。不，我不想錯過你脣上的任何一滴甜美，也不想讓你錯失我的！那麼只能這麼做了：悉達塔會再前來，等他擁有一切他尚且欠缺的：華服、美靴、金錢。但是請告訴我，溫柔的卡瑪拉，你能再給我一個提示嗎？」

「提示？何不呢？誰不樂意給一個貧窮、無知，從樹林、狐狼那方來的沙門一點提示呢？」

「親愛的卡瑪拉，那麼請告訴我：我應該往哪裡去，才能盡快地得到那三樣東西呢？」

「朋友，很多人都想知道。你必須做好你已經學會的事，以此賺取金錢、華服和美靴。窮人只有這個辦法獲得錢財。你會做什麼？」

「我會思考，我能等待，我能禁慾齋戒。」

「其他的都不會？」

「不會。噢，我還能寫詩，你會為了一首詩給我一個吻嗎？」

「我會，如果我喜歡這首詩。這首詩叫什麼來著？」

悉達塔沉思了片刻之後，念出詩句：

「林蔭行館，美麗卡瑪拉步入，園檻之側，精壯沙門佇立。
唯見蓮花綻放，故而折腰深深，卡瑪拉微笑應答。
少年竊思，勝於祭神，
最樂莫過奉獻美麗卡瑪拉。」

卡瑪拉大聲鼓掌，腕上金環叮噹作響。

「你的詩真美，精壯的沙門，的確，要是我給你一個吻，我也沒有什麼損失。」

她用雙眼將悉達塔拉近身來，悉達塔的臉俯向她，將他的脣貼向她如無花果初綻的雙脣。卡瑪拉長長地吻著悉達塔，悉達塔深感驚訝，感覺到她是怎麼教導他，她多麼有智慧地引導他，婉拒他，誘惑他，如何在第一個吻之後，接著一連串長而有序、細心試探的親吻，而每一個吻都不一樣，讓他益發期待。他立定了深呼吸，在這片刻就像個孩子般驚訝於眼前呈現的豐富知識，以及值得學習之處。

「你的詩真美，」卡瑪拉呼喊著：「如果我是個富有的人，我會付給你金塊。但是想以詩來攢得你需要的那許多錢，這可難辦，因為如果你想成為卡瑪拉的入幕之賓，你需要很多錢。」

「你怎麼那樣會親吻呢，卡瑪拉？」悉達塔結巴地問著。

「是啊，我的確很會接吻，所以我也就不缺衣服、鞋子、手環還有其他美麗的東西。但是你呢？難道你除了思考、齋戒、作詩之外什麼都不會？」

「我也會誦經，」悉達塔說：「但是我再也不想誦經了。我還懂得咒文，但是我也不想念咒了。我讀了一些書——」

「慢著，」卡瑪拉打斷他的話，「你識字？也會寫字？」

「我當然會，許多人都識字。」

「大部分的人都不識字，就連我也不識字。這真是太好了，你能讀書寫字，非常好。還有咒文也可能有些用處。」

這時有名女僕快步走近，在她的女主人耳邊說了件事。

「有人來拜訪我，」卡瑪拉說：「快點，悉達塔，消失吧，任何人都不能在這裡看到你，切記了！明天再見。」

她命令婢女給這虔誠的婆羅門一件白色的上袍。不再理會悉達塔，悉達塔由婢女領路離去，帶到園裡一間小屋，送給他一件上袍，帶他走進樹林，並且鄭重告誡他，立刻隱密地從這行館消失。

悉達塔滿足地照做。他早已習慣樹林，於是無聲地走出行館，越過樹叢。他滿足地回到城裡，捲起來的衣服夾在腋下。在一家旅客絡繹的客舍裡，他站在門邊，安靜地請求一些食物，靜靜地接過一塊米糕。也許明天，他想著，我就再也不必乞討任何食物了。

驕傲忽然在他心中燃燒起來，他再也不是沙門，化緣乞食再也不是他該做的事。他將那塊米糕給一隻狗吃，而自己就沒了食物。

「這個世界的人生活真簡單，」悉達塔想著：「沒有難題。當我還是個沙門的時候，一切都是艱難，而最終畢竟無望。如今一切輕而易舉，跟卡瑪拉學習親吻並不困難。我需要衣裳和金錢，除此無它，這是小而簡單的目標，不會讓人因此失眠。」

他早已知道卡瑪拉在城裡的房子位於何處，第二天他就找上門。

「一切都妥當了，」卡瑪拉對他說：「卡瑪司瓦米等你過去，他是這個城市最富有的商人。如果他喜歡你，他會讓你在手下工作。伶俐點，黑沙門。我透過別人向他說起你。對他要友善，他是個很有權力的人，但是也不要過度謙虛！我不希望你變成他的僕人，我希望你和他平起平坐，否則我不會對你感到滿意。卡瑪司瓦米開始變老，也過得太舒服了。如果他喜歡你，就會將許多事務交託給你。」

悉達塔向她道謝並且笑了。當她得知悉達塔從昨天就沒有吃過任何東西，於是命人送上麵包和水果款待他。

「你運氣好，」告別的時候她對悉達塔說：「一扇又一扇的門為你而開。你是怎麼辦到的？你會法術嗎？」

悉達塔說：「昨天我告訴過你我懂得思考、等待和齋戒，你卻覺得這些沒什麼用處。其實這些很有用，卡瑪拉，你會知道的。你會知道樹林裡的笨沙門學了很多竅門，也會許多你們不會的事。前天我還是個襤褸的乞丐，昨天我已經吻過卡瑪拉，而我馬上就要變成商人，會擁有很多錢和許多你以為貴重的東西。」

「的確，」她承認，「然而你要是沒有我會如何？如果沒有卡瑪拉的幫忙，你又會如何？」

「親愛的卡瑪拉，」悉達塔說著站起身來：「當我走進你的行館，我就踏出了第一步。我的打算是從這個美麗的女人那兒學到愛。從那一刻起，因為我的決心，我就知道我將實現它。我知道你會幫助我，從你在行館門邊看我的第一眼我就知道了。」

「如果我不想幫你呢？」

「但是你想。你看，卡瑪拉：如果你把一顆石子丟進水裡，石子會以最快的速度沉到水裡。當悉達塔立定目標，下定決心的時候也是如此。悉達塔什麼都沒有做，他只是等待，他思考，他齋戒，然而他穿越世間諸事就有如石子穿水，什麼都不用做，不必去碰它；石子受到牽引，它讓自己落下，它的目標牽引它，因為它不讓任何阻礙進到它的心裡。這是悉達塔在沙門那兒所學到的，這就是愚人所謂的法術，以為那是魔鬼的作為。魔鬼不能有任何作為，根本沒有魔鬼。每個人都會使法術，都能達到目標，只要他能思考，能夠等待，能夠齋戒。」

卡瑪拉仔細聽他說著，她喜歡悉達塔的聲音，喜歡他的眼神。

「或許是如此，」她輕聲地說：「就像你說的，朋友。也或許是因為悉達塔是個俊美的男人，他的眼神讓女人著迷，因此幸運才降臨在他身上。」

悉達塔以吻向卡瑪拉道別。「希望如此，我的老師，希望你喜歡我的眼神，希望你永遠都為我帶來幸運。」

---

23 卡瑪拉（Kamala），也是印度教傳說中的蓮花女神，性愛與美的女神之名。

24 毗濕奴（Vishnu），與梵天、濕婆並列印度教三大神祇。梵天為創造者，毗濕奴為維護者或保護者，濕婆為毀滅者或轉化者。

25 拉克什米（Lakschmi），印度教中的幸福與財富女神，傳統上被認為是毗濕奴的妻子。

童稚之人

悉達塔前往商人卡瑪司瓦米那裡，他被帶到一座華麗的屋舍，僕人引著他走過珍貴的掛毯，來到一個房間，他在那裡等著主人。

卡瑪司瓦米走了進來，一個行動快速、靈活的男子，滿頭灰髮，有雙聰明而謹慎的雙眼，貪婪的嘴巴。主人和來客和善地相互問候。

「有人告訴我，」商人開頭說：「你是個婆羅門，是個學者，卻想在商人這兒尋個活。你發生了什麼困難嗎，婆羅門，才會想來找個差遣？」

「不，」悉達塔說：「我並未陷入困境，也從未陷入困頓。你知道，我離開了長時間一起生活的沙門而來到這兒。」

「如果你從沙門那兒來，你怎麼會不困頓呢？沙門不是完全沒有財產的嗎？」

「我的確身無長物，」悉達塔說：「如果這是你意中所指。我當然沒有財產，但那是我自願的，我並未陷入困境。」

「如果你沒有任何財產，那你靠什麼過活？」

「我還從來沒想過這事，先生。我沒有財產過活已經三年了，我從未曾想過自己要靠什麼過活。」

「所以你靠別人的資助過日子。」

「也許是如此。商人也靠別人的資財過日子。」

「說得是。但是商人並非平白從別人那裡獲取財物，他拿貨物交換錢財。」

「看來的確是這樣。每個人都有所得，有所付出，這就是生活。」

「容我說一句：如果你沒有財產，那你能拿什麼給別人？」

「每個人付出他所擁有的。戰士付出力氣，商人提供貨物，老師教書，農夫種田，漁夫賣魚。」

「很是。那你付出什麼呢？你所學到的、所能的是什麼呢？」

「我會思考，我能等待，我能齋戒。」

「就只是這樣？」

「我想這些就是全部了！」

「那這些有什麼用呢？拿齋戒來說吧——這有什麼好處？」

「齋戒很好啊，先生。如果一個人什麼都沒得吃，齋戒是他所能做的最聰明的一件事。如果，好比說，悉達塔沒有學會齋戒，那麼他就必須接受任何工作，不管是在你這裡，或是其他人那邊，因為飢餓會迫使他那麼做。但是悉達塔能靜靜等待，他從不知何謂不耐煩，他不識困頓，他可以把飢餓包圍起來，可以嘲笑飢餓。這，先生，就是齋戒的好處。」

「你說得對，沙門。請等我一會兒。」

卡瑪司瓦米走了出去，再回來的時候帶了一個書卷，他把卷軸遞給客人，一面問道：「你讀得懂這書嗎？」

悉達塔看著這書卷，上面寫著一份買賣契約，開始朗誦其中的內容。

「好極了，」卡瑪司瓦米說：「你能幫我在這紙上寫些東西嗎？」

他給悉達塔一張紙和一枝石灰筆，悉達塔提筆寫就，然後把紙交還給商人。

卡瑪司瓦米念著紙上所寫的：「書寫是好，思考更佳。聰明是好，耐心更佳。」

「你很懂得寫作，」商人讚嘆著：「我們還有很多要談的。今日請當我的座上賓，住在我的房子裡吧。」

悉達塔謝過商人並且接受他的邀請，於是就住在商人的房子裡。衣服鞋襪都已為他備妥，每天都由僕人幫他準備洗澡水，每日都有兩餐豐富的食物，然而悉達塔每天只進食一回，既不食肉亦不飲酒。卡瑪司瓦米對他敘述自己的生意，把貨物和倉庫指給他看，讓他看了帳目。悉達塔學習了許多新的東西，他聽到許多，說得不多。他把卡瑪拉的話記在心裡，從不讓自己居於商人之下，迫使對方將自己當成同等的人，甚至當成更勝於同等人來對待。卡瑪司瓦米謹慎經商，卻不時顯得相當熱衷，但悉達塔把這一切只看成遊戲，努力學習其中的規則，卻不為其內容動心。

悉達塔住進卡瑪司瓦米家才過沒多久，就開始參與東道的生意。但是每天到了卡瑪拉告訴他的時間，他就前往拜訪美麗的卡瑪拉，身穿華麗的衣裳，腳蹬精美的鞋子，過不久他也帶禮物給卡瑪拉。卡瑪拉用她紅潤而聰敏的雙唇教他許多事，在愛情之中還是個孩子的他，傾向盲目而無饜足地投入情慾的無底洞，而她則從根本開始教導他，教他情慾不能只是予取予求，卻沒有相對的付出，每種表情，每回愛撫，每次觸摸，每個眼神，身體任何最小的部位都有其祕密，喚醒這些祕密能帶給知悉祕密的人快樂。卡瑪拉教導他，愛戀之人在歡愛之後分開之際都會互相讚嘆，都會被對方所征服，也征服對方，使雙方都不會過度饜足而生厭，也不會產生利用或被利用的不快。悉達塔在這美麗而聰明的藝術家身邊度過奇妙的時刻，成了她的學生，她的愛人和朋友。陪在卡瑪拉身邊，是他目前生活的價值和意義，而不是在卡瑪司瓦米的生意上。

商人將書寫重要書信和合約的工作交給他，也習慣和他討論重要的事務。商人很快就發現，悉達塔不太懂米和羊毛，船運或交易，但是他有雙幸運的手，而且悉達塔的平靜和鎮定勝過他一介商人，也比他更懂得傾聽和深入陌生人內心的藝術。「這個婆羅門，」商人告訴一個朋友說：「他不是個真正的商人，也永遠不會變成商人，他的心思和熱情永遠不在做生意上面。但是他擁有那種成功不請自來的人的神祕，不管他是生來好運，或是他會使魔法，或者是他從沙門那兒學到的。他總是顯得只拿生意取樂，從來不曾放在心上，從不讓生意掌握他，他從不怕失敗，從來不關心損失。」

這位友人建議商人：「把他為你所做的生意所得利潤的三成分給他，但是如果有損失，也同樣要他負擔這麼多損失，這樣他就會變得比較積極了。」

卡瑪司瓦米聽從這個建議，然而悉達塔卻不擔心。如果有利潤，他就無所謂的收下，如果有損失，他就笑著說：「哎，看哪，結果可不好呢！」

事實上，生意對他顯得毫不重要。有一次他旅行到一個村落，好採買大量收成的稻米。當他到達的時候，米卻已經被另一名交易商收購了，然而悉達塔依然在村子裡停留好幾天，宴請農夫們，把銅板分給他們的孩子，一起慶祝婚禮，然後非常滿意地回來。卡瑪司瓦米責備他沒有立刻回來，在那裡浪費了時間和金錢。悉達塔回答：「儘管責罵吧，親愛的朋友！責罵永遠無法帶來任何成果。如果有所損失，那就讓我來承擔吧。我非常滿意這次旅行，我認識了各式各色的人，有個婆羅門變成我的朋友，孩子們都爬到我的膝蓋上了，農夫帶我去看他們的田地，沒有人把我當成交易商。」

「這一切都很美妙，」卡瑪司瓦米不情願地說：「但你確實是個交易商，我是這麼想的！或者你只是為了享樂才前往的？」

「的確，」悉達塔笑著說：「我確實是為了享樂才踏上這趟旅程，還能有其他目的嗎？我認識了一些人和那個地方，我享受當地人的友善和信賴，我結交了朋友。你看，親愛的朋友，如果我是卡瑪司瓦米，當我發現收購失敗會立刻怒氣沖沖，急急忙忙地趕回來，而時間和金錢就真的浪費了。但是我在那裡逍遙了幾天，學到東西，感到愉快，沒有以怒氣和草率傷害我自己或其他人。如果我以後再到那裡去，也許為了收購下一回的收成，或者為了任何目的，那些友善的人都會親切而開心地接待我，而我會因此讚賞我自己，從未顯露匆忙和不悅。就這麼算了吧，朋友，不要以責備來傷害你自己！如果有一天你發現：這個悉達塔為我帶來損失，那時只要你一句話，悉達塔就會離開。在這之前我們還是相安無事吧。」

商人也同樣無法讓悉達塔信服，悉達塔是吃著他卡瑪司瓦米的麵包。悉達塔認為他吃他自己的麵包，更有甚者，認為他們兩個都吃著別人的，所有人的麵包。悉達塔從不管卡瑪司瓦米擔心什麼，而卡瑪司瓦米有許多煩心的事。如果有樁正在進行的交易似乎就要失敗，貨物運送有什麼閃失，某個債務人似乎還不出錢來，卡瑪司瓦米從來就無法說服悉達塔，不論脫口說出擔憂憤怒的話，眉頭深鎖，或是睡不安枕都是有益的。有一次卡瑪司瓦米稱言，悉達塔瞭解的一切都是從他那裡學到的，悉達塔回答：「不要和我開這樣的玩笑了！我從你那兒學到了一簍魚值多少錢，借貸的錢可以收到多少利息，這就是你的本事。我不是從你那兒學到思考的，可敬的卡瑪司瓦米，還是你試著跟我多學學吧。」

他的心思的確沒放在經營上面。經商的好處在於能帶給他為卡瑪拉所花的錢，而且遠勝於他所需要的。此外悉達塔只對人感到關注和好奇，他們的生意、手藝、煩惱、消遣和愚蠢，從前他看這些就像月亮那樣陌生而遙遠。他這般輕易地和每個人交談，和任何人一起生活，向每個人學習，然而他非常清楚知道有些什麼隔在他和這些人之間，而這個隔閡就是他的沙門心態。他看著人們以一種稚氣或是動物般的方式度日，他喜愛同時卻也輕視這些方式。他看著他們勤奮努力，看著他們憂慮害怕一些事物，一些他覺得完全沒有價值的東西，好比金錢，小小的樂趣，小小的榮耀，他看著他們彼此責備、辱罵，他看著他們因疼痛而哀號，那讓沙門感到可笑，看著他們因困乏而受苦，沙門卻渾然未覺。

他敞開胸懷面對這些人所帶給他的，他歡迎帶著麻布來賣給他的商人，歡迎還想借錢的債務人，歡迎一整個小時向他訴說貧窮故事的乞丐，而乞丐其實還比不上沙門的一半貧窮。他對待富裕的外國商人和為他刮鬍子的佣人並沒有兩樣，也無不同於街上賣香蕉給他、多騙了他幾文錢的小販。如果卡瑪司瓦米前來向他抱怨憂心之事，或是因為某次交易責備他，那麼他就好奇而高興地聽著，對卡瑪司瓦米感到驚奇，試著去瞭解他，讓他不多不少占點上風，然後轉向下一個需要自己的人。有許多人來到他這裡，許許多多，為了和他交易，有許多人是為了欺騙他，有許多人為了探聽他的底細，許多人為了博得他的同情，許多人為了求取他的建議。他給予建議，同情別人，贈予，讓自己稍微被唬弄；而這整個遊戲和熱情，眾人參與遊戲的熱情，同樣讓他思索不已，就像從前神和梵讓他想個不停。

有段時間他感到，在胸膛深處，有個垂死、輕微的聲音，輕輕地勸告，輕輕地抱怨，輕到他幾乎聽不到。然後有短暫時間他意識到自己過著一種奇特的生活，他在這當中做盡一切不過是遊戲的事，雖然過得開心，有時感到愉悅，然而真正的生活從他身邊掠過而未曾確實觸及。就像球員玩著球，他就是這般把玩著自己的作為，和他周遭的人一起，看著他們，在他們身上發現樂趣；然而他的心，他的本質根源並未參與其中，這個本源跑向某處，遠離了他，越跑越看不見，和他的生活再也沒有任何干係。有時他被這種想法嚇到，期望也有個他，能帶著心思和熱情做這日常一切孩子氣的事，真實地生活，真實地去做，真正去享受和生活，而不是像個旁觀者站在一邊。

而他一再前去拜訪美麗的卡瑪拉，學習歡愛之術，練習情慾的儀式，施與受在其中合而為一，世間無二。和卡瑪拉閒談，向她學習，給她建議，接受她的建議。她比過去的葛溫達更瞭解他，她更像悉達塔。

有一次悉達塔對她說：「你就像我，你和大部分的人不同。你是卡瑪拉，不是任何人，而在你內心有種平靜和依歸，是你隨時都能走進去，覺得自在的地方，就像我也能這麼做。很少人內心有這樣的地方，但其實所有的人都能擁有。」

「不是所有的人都是聰明人。」卡瑪拉說。

「不是的，」悉達塔回答：「這不是原因所在。卡瑪司瓦米和我一般聰明，然而內心沒有歸依之處。其他在理智上就像小孩子的人也有這樣的心靈庇護所，卡瑪拉，而大多數的人就像落葉一般，在空中飄啊轉的，搖擺著翩翩落地。然而其他人，少數人，卻有如星辰，走在穩定的軌道上，無風可及，他們的內心有著自己的規則和道路。我所認識的許多學者和婆羅門之中，就有一個這樣的人，大圓滿者，我永遠都不會忘記他。他就是戈塔瑪，世尊，是宣揚這個法門的人。無數年輕人每天傾聽他說法，隨時隨地遵循他的要求，但是這些人也是落下的葉子，心法和規則並不在他們自己心中。」

卡瑪拉微笑地看著他：「你又說起他，你又冒出那些沙門的想法。」

悉達塔安靜下來，他們倆玩著情愛之戲，卡瑪拉所知那三十個或四十個不同的遊戲之一。他的身體柔軟有如豹子，似獵人之弓；向她學習情愛的人，就會通曉許多情慾之事和許多奧祕。她和悉達塔一起玩了許久，誘引他，推拒他，強要他，環抱他，為他的能耐感到高興，直到他被征服，筋疲力盡地躺在她身邊為止。

名妓彎身俯看著他，久久盯著他的臉，看進他疲累的雙眼裡。

「你是最好的愛人，」她深思地說：「是我有過最好的。你比其他人都強壯、都柔軟，更能跟我配合。你好好地學習了我的技巧，悉達塔。以後，等我更年長一些，我要懷你的孩子，但是，我的情人，你還是當你的沙門，而你還是不會愛我，你不愛任何人，不是嗎？」

「也許吧，」悉達塔疲憊地說：「我就像你，你也不愛任何人——否則你怎能把情愛當作一門技藝？我們這一類人也許不會愛人。童稚之人可以，這是他們的神祕之處。」

輪迴

很長一段時間，悉達塔過著世俗和情慾的生活，卻不曾投入。他在熱切的沙門歲月裡所扼殺的感官生活又重新甦醒，他嚐到富裕的滋味，嚐到肉慾的滋味，嚐到權力的滋味，然而很長一段時間，他內心依舊維持是個沙門，聰明的卡瑪拉很正確地看了出來。依舊是思考、等待及齋戒的藝術主導他的生活，依然對世間的人，對童稚之人感到陌生，就如同他們對他依舊感到陌生。

幾年過去了，受到舒適生活的包圍，悉達塔幾乎未曾感覺到歲月流逝。他變得富有，他早就擁有自己的房子和僕役，還擁有一個坐落在城外河邊的花園。人們喜歡他，如果需要金錢或建議就去他那裡，但是沒有人和他親近，除了卡瑪拉。

在他青年的高峰期，他曾經歷過的那種高遠、明亮的清醒狀態，聽過戈塔瑪說法之後的日子，告別葛溫達之後，那種緊繃的期待，那種驕傲的遺世獨立，沒有心法可學也沒有上師，隨時等著在自己的心裡聽到神的聲音，這一切都逐漸成為回憶，都變成過去；曾經那麼近，曾經在他心中簌簌作響的神聖泉源，如今遙遠而輕聲地窸窣作響。雖然他向沙門、向戈塔瑪學到的，從自己父親——婆羅門那兒學到的，仍在他心中停留了相當長久的時間：有節制的生活，樂在思考，冥想的時刻，有關自我，有關永恆的我的神祕認識，認知「我」既非身體也非意識。許多東西還在，然而有一樣是已經沉淪，已經蒙塵；就像陶匠的轉盤，一旦轉動就會繼續轉下去，只是總會慢慢疲乏然後逐漸停擺，而悉達塔心中的苦行之輪，思想之輪，分辨之輪卻還長久地繼續轉動，依舊轉動，但是轉得很慢而躊躇，幾近靜止。慢慢地，就像水分侵入乾枯的樹幹，慢慢地填滿，使之腐爛，俗世和怠惰也這般侵入悉達塔的心靈，慢慢填滿他的心靈，使之沉重，使之疲憊，使之入睡。相對地他的感官卻變得活躍，學了很多，體驗了許多。

悉達塔學會做生意，對人施以權力，和女性一起取樂，他學會穿著華服，命令僕役，以香氣四溢的水來沐浴。他學會食用細巧、精心調理的食物，也學會吃魚、肉、鳥禽，香料和甜點，也學會飲酒，那令人懶散和遺忘的瓊漿。他學會了用骰子和棋盤玩遊戲，睡在柔軟的床上。然而他依舊不同於其他人，自覺勝於其他人，依然帶著一絲嘲笑來看待旁人，帶著一絲嘲諷的輕視，正如沙門對世俗人常有的那種輕蔑。卡瑪司瓦米生病、生氣的時候，覺得自己受到侮辱，受到他的商人煩憂所苦的時候，悉達塔總是帶著嘲諷冷眼旁觀。只是，慢慢而不經意地，隨著收成季節和雨季過去，他的嘲弄也疲乏了，他的優越感也平伏了。只是，慢慢地，置身在他持續增加的財富之間，悉達塔本身也吸納了一些童稚之人的特性，好比他們的幼稚和焦慮。而他忌妒他們，他越像這些人就越忌妒。他尤其忌妒他們擁有他所缺乏的，忌妒他們能賦予生活意義，忌妒他們的歡樂和憂傷的強度，忌妒他們恆常愛戀的憂慮卻又甜美的幸福，這些童稚之人總是陷入對自己、對女性、對自己的孩子，對榮譽或金錢，對計畫或希望的愛戀之中。然而悉達塔卻無法從他們身上學到這些，他就是學不會這些，這種孩子氣的喜悅和愚痴；他只從他們身上學到他所輕視的那種彆扭。越來越常發生一夜酒酣耳熱，次日清晨久臥，感覺遲鈍又疲憊。每當卡瑪司瓦米拿他的煩惱讓悉達塔感到無聊，他就會生氣而不耐煩。如果他擲骰子輸了，就誇張地大笑。他的臉看起來依舊比其他人聰明而有智慧，但是很少笑，越來越出現富人臉上常見的線條，那種不滿足的表情，病態而厭煩，遲鈍而無情。有錢人的心病慢慢侵襲他。

有如薄紗，一陣薄霧，疲憊籠罩悉達塔，慢慢地，一日濃似一日，月見混沌，經年而沉重。就像新衣隨著時間變舊，隨著時間褪色，出現斑點，出現皺褶，衣邊毛了，開始在這裡那邊出現穿薄了、條縷分明之處，悉達塔和葛溫達分別後展開的新生活也變舊了，隨著消逝的年歲而失去顏色和光彩，皺痕和斑塊也聚到他身上；根本上隱藏著，卻已經在這裡那邊醜陋窺視著、等待著的是失望和厭惡。悉達塔並未注意到這些，只注意到他內在那明亮而穩定的聲音，原本清醒而在他閃亮的歲月裡引領他的聲音，如今變得沉默了。

世間已經網住了他，情慾，貪婪，遲鈍，最後還有他從前覺得最愚蠢，最常輕蔑而揶揄的：貪得無饜。就連財產、物業和金錢最後也網住了他，對他不再是遊戲和小玩意兒，轉而變成枷鎖和負擔。悉達塔以奇怪而詭異的方式踏入這最終、最可鄙的束縛：賭骰子。從他的內心停止當個沙門之時，悉達塔開始把這種浪擲金錢和珍貴物品的遊戲，帶著日增的怒氣和激情來玩，從前他可是微笑著散漫地參加這種幼稚人士的遊戲。他是個受敬畏的玩家，很少人敢跟他玩，他下注高又大膽。他出於內心貧乏而玩著這個遊戲，玩弄、浪費可悲的金錢為他帶來一種憤怒的歡愉，沒有其他方式更能讓他清楚而諷刺地輕視財富，踐踏商人的神。於是他玩得很高而毫不留情，就像憎惡自己，嘲笑自己，成千地投入，虛擲千金，玩掉金錢，玩掉首飾，玩掉一座別墅，又贏了回來，又輸了出去。擲骰子時的那種焦慮，那種可怕的心神不寧的焦慮，因為高額投注感覺到的恐懼，這正是他所喜愛的焦慮，試著不斷重新品嚐它，不斷升高它，不斷逼高，因為只有這樣，悉達塔才會感覺到一絲幸福，一絲激情，在他饜足、平淡而無味的生活裡感覺到一些些起伏。而每次出現大幅損失之後，他就想著新的財富，更努力地做生意，更嚴厲地逼迫債務人還錢，因為他想繼續玩，繼續浪擲千金，繼續對財富擺出輕視的嘴臉。悉達塔虧損的時候已經不再從容，面對沒有錢的債務人欠缺耐心，對乞丐也失去善心，對求借金錢的人失去贈予和出借的興致。一擲就失去上萬金錢還能大笑的他，在生意上益發嚴格而吝嗇，晚上甚至會夢到錢。而他每次從這可憎的迷惑醒來，越常在臥室牆上的鏡子裡看見自己的臉變老、變醜，羞愧和厭惡越常湧上心頭，他就繼續逃，逃到新的賭局裡，逃到縱慾的麻醉裡，躲進酒鄉，然後回到堆積賺取金錢的慾望裡。他就在這無意義的循環裡疲憊了，讓自己變老，讓自己病了。

有一次，有個夢境向他示警。那天傍晚他到卡瑪拉那裡，在她漂亮的林園裡。他們坐在樹下正說著話，卡瑪拉說了些深思的話，話裡藏著悲傷和疲憊。她拜託悉達塔說說戈塔瑪，怎麼聽他說都不夠，說著戈塔瑪純淨的雙眼，他的嘴有多沉靜而美麗，他的微笑有多好，他走路的姿態有多平和。悉達塔必須不停對她描述尊貴的佛陀，然後卡瑪拉嘆了口氣說：「有一天，也許很快地，我也將追隨這佛陀。我會將我的林園送給他，然後皈依佛法。」

但是接下來卡瑪拉卻挑逗他，以痛楚的激情將他纏在歡愛裡，在咬囓和眼淚下，就好像她想再次從這空虛而消逝的情慾擠出最後一滴甜蜜。悉達塔從未如此奇特地明白，極樂和死亡竟是如此接近。然後他躺在卡瑪拉身邊，卡瑪拉的臉靠近他，在她的眼睛下方和嘴角，未曾如此清楚地，他讀出憂愁的文字，細線構成的文字，淺淺的溝紋，讓人想到生命的秋天，就像悉達塔本身，才剛過四十，卻在黑髮間隨處已見灰髮。疲憊寫在卡瑪拉美麗的臉龐，長途跋涉卻沒有愉快的目標所帶來的倦怠；疲累和初萎，以及仍然隱藏，仍未說出的，或者甚至是尚未意識到的憂慮：恐懼年華老去，恐懼生命之秋，恐懼必死的結局。他嘆息著道別，心靈滿是蕭瑟和深埋的恐懼。

然後悉達塔就和舞女們在家飲酒度過那天晚上，面對同等的人擺出他早已不再擁有的優越，喝了許多酒，子夜之後才上床就寢，心中滿是再也無法承受的哀傷，充滿厭惡，被這厭惡滲透的感覺就像溫溫的、噁心的酒味，太甜、太空洞的音樂，舞女過分嬌柔的微笑，她們頭髮和胸前過度香甜的氣味。然而比這一切都讓他覺得噁心的是他自己，他散發香味的頭髮，嘴裡的酒氣，皮膚鬆弛的疲憊和寂寥。就像一個吃得太飽或喝得太多的人，在折磨之下又嘔吐出來，卻又因為鬆了口氣而感到高興，於是不成眠的他就期望大吐一番，把所有的享樂，所有的習性，這完全無意義的生命和他自己都結束掉。直到晨光乍現，他屋舍前的街上出現第一波的活動，他才打了瞌睡，片刻時間處於半昏迷，有些微睡意。就在這一刻他作了個夢：

卡瑪拉有隻罕見的會唱歌的小鳥，關在一個金色的籠子裡，他夢到的就是這隻鳥。他夢到了這隻鳥再也發不出聲音，原本每天清晨牠都會宛轉鳴唱，而因為悉達塔注意到鳥沒了聲音，於是走到籠子前，往裡面看，發現籠子裡的小鳥已經死了，僵硬地躺在籠子底。悉達塔把鳥取出，在手裡掂了掂，然後就把牠丟掉，丟到巷子裡，而就在這一刻他感到驚恐萬分，心痛至極，就好像隨著這死去的鳥，他所有的價值和善良也跟著被他丟棄。

從夢中驚醒，他感到自己被深深的哀傷所包圍。沒有價值，他覺得，他的生命就這般沒有價值而無意義地過下去；沒有活生生的，沒有任何珍貴或值得保存的東西被他握在手裡。他孑然一身而空無一物，就像遭遇船難的人漂到岸邊。

悉達塔陰鬱地走進他的一座林園，鎖上門，坐在芒果樹下，感到心裡的死亡和胸中的恐懼，坐著感覺這些如何在他內心死亡，枯萎，走到終點。他逐漸收攝心神，在心裡再次回顧他的一生，從他所能記得的第一天開始。他何時曾感到快樂，感到真正的幸福？噢的確，他經歷過好幾次這樣的幸福。童年時他嘗過一切，當他得到婆羅門的讚美，當他遠超過同伴，念誦聖詩，和學者辯論，或是在祭典中當助手而被讚美的時候，那時他的心中感到：「你的面前展開一條路，受到召喚而將踏上的道路，眾神在等著你。」然後是青少年，因為他思考的目標越來越高，使他從同伴之間脫穎而出，因為他痛苦掙扎思索著梵的意義，因為每一層得到的知識只在他心中引起新的飢渴，而在飢渴、痛苦之中，他又有同樣的感覺：「繼續！繼續！你是受到召喚的人！」當他離開家鄉選擇沙門生涯，又再一次，當他脫離沙門生涯前往投靠大圓滿者，以及後來離開世尊走入未知的時候，他都聽到了這個聲音。他有多久沒有聽到這個聲音了，有多久沒有達到一個高點，他的道路變得多麼平坦卻貧瘠，許多許多年，沒有崇高的目標，沒有飢渴，沒有任何昇華，有小小的樂趣就滿意，然而從未足夠！不自知地，這些年他努力過，渴望成為芸芸眾生之一，就像那些孩子氣的人，而他的生活其實比他們的更可悲而貧乏，因為他們的目標不是他的，而他們的煩惱，以及卡瑪司瓦米一類人的世間對他只是場遊戲，一場引人注目的舞蹈，一齣喜鬧劇。他唯一所愛的是卡瑪拉，是他唯一珍貴的——然而她依然還是自己珍視的嗎？他還需要卡瑪拉嗎？或是卡瑪拉需要他嗎？他們不是玩著一場沒有結局的遊戲嗎？有必要為此而活嗎？不，沒必要！這場遊戲叫做輪迴，一場孩子的遊戲，一場遊戲，或許有趣，可以玩上一次、兩次、十次——但是永遠永遠一再重複玩下去呢？

於是悉達塔知道，遊戲到了盡頭，他再也玩不下去。一陣冷顫穿過他的身體，直到他的內心，他感覺到那裡有什麼已經死了。

那一整天他都坐在芒果樹下，想著他的父親，想著葛溫達，想著戈塔瑪。他離開戈塔瑪是為了變成一個卡瑪司瓦米嗎？他還坐著，而夜已降臨。當他抬頭看到星星，他想著：「我在這兒坐在我的芒果樹下，在我的林園裡。」他微笑了一下——還有必要，還是正確的嗎？他擁有一棵芒果樹，一座花園，這不是一場愚蠢的遊戲嗎？

他也與此做了結，這一切在他心中死去。他起身，告別芒果樹，告別了林園。因為這一天他沒吃任何東西，他感到強烈的飢餓，想到位在城裡的房子，想到他的房間和床鋪，桌子和上面的菜餚。他疲憊地微笑，搖了搖頭，然後和這些東西告別。

在那個夜晚，悉達塔離開了他的花園，離開那座城，再也沒回來。卡瑪司瓦米尋找他許久，以為他落到強盜手裡。卡瑪拉得知悉達塔消失的時候，她沒有派人找他，也未感到驚訝。她不是一直都有這樣的預感嗎？他不是個沙門，一個沒有故鄉，四方雲遊的人嗎？在他們最後的相聚時光，她最常感覺到這一切，而她在失去的痛苦中感到歡喜，最後還能將他緊緊擁在心頭，再次被他完全占有，感覺到被他穿透。

卡瑪拉最初得到悉達塔失蹤的消息時，她走到窗邊，就是她在金色籠子裡關著一隻罕見的鳴鳥那兒，她打開籠子的門，抓出那隻鳥然後讓牠飛走。她看著那隻鳥良久，飛翔的鳥兒。從這天起她不再接待賓客，從此大門緊閉。一段時間之後她卻發現，她最後一次和悉達塔在一起的時候已經受孕。

岸

悉達塔走在樹林裡，已經離城甚遠，除了知道自己再也不會回頭，其餘諸事未定，只知道多年來的生活已經遠去，已經饜足到嘔吐，已經吸光一切。他夢見的那隻鳥已經死去，死去的是他心中的那隻鳥兒。他被深深纏在輪迴之中，他從四面八方吸進厭惡與死亡有如海綿吸水，直到滿溢。他充滿厭惡，充滿不幸，充滿死亡，世間再無吸引之處，再無可喜之處能安慰他。

他只是極度渴望再也不知自我，得到平靜，但求一死。來陣閃電劈死他吧！來隻老虎吃掉他吧！可有酒，可有毒藥能讓他昏迷，遺忘而入睡，一覺不醒！有什麼汙穢他沒有沾染過，哪些罪惡和愚痴是他沒犯過，哪一種心靈寂寥是他還未曾加到自己身上？哪還可能活下去？哪還可能一再呼吸，感覺飢餓，再度進食，再度入睡，再度躺在女人身邊？這循環對他而言不是已到了盡頭，也已了斷？

悉達塔走到森林裡一條大河邊，就是當他還是個年輕人，離開戈塔瑪的城市之後，由一名船夫渡他過來的那條河。他停在河邊，猶豫地站在河岸。疲憊和飢餓讓他虛弱，而他又何必繼續往前走，要往哪裡去，哪裡是目的地？不，再也沒有目標了，除了深刻而痛苦的渴望，希望從身上抖落這整個荒蕪的夢境，吞下自己這杯乏味的酒，結束這可悲又可恥的一生。

河邊有棵樹低垂，是棵椰子樹，悉達塔將肩頭靠著樹幹，手臂扶上樹幹，往下看著綠色的河水，在他腳下不斷流過，往下看，發覺自己充滿放開手沉入水中的渴望。河水在他眼前映照出恐怖的空洞，回應他心靈裡可怕的空洞。的確，他已走到盡頭，除了自我了斷別無選擇，只能摧毀他一生的失敗，拜服在譏嘲大笑的眾神腳邊。他渴望的是大罪：死亡，摧毀他所厭惡的形體！最好是讓魚吃掉他，悉達塔這條狗，這個錯亂的人，這個腐敗的軀體，這個懈怠而被濫用的心靈！最好是讓魚和鱷魚吃掉他，最好是讓惡魔剁碎他！

他表情扭曲地盯著水裡，看到水面倒映的臉就唾了一口。在深深的疲憊下他鬆開抓著樹幹的手臂，稍微轉身好讓自己筆直落水，好永遠沉淪。他沉下水去，閉上雙眼，迎向死亡。

這時從他心靈偏僻角落，自他疲累生命的過往傳來一個聲響，那是一個字，一個音節，是他不假思索就能含糊默念的，是婆羅門禱詞的恆常開端與結尾，神聖的「唵」，代表著許多意義如「圓滿」或是「完整」。而在這一刻，因為這「唵」觸及悉達塔的耳朵，他沉睡的心靈突然醒來，意識到自己行為的愚蠢。

悉達塔深受震撼，這就是他的處境，他是如此迷失、錯亂，遠離一切覺醒，使得他尋死，使這個期望，孩子氣的期望能在他心中壯大：毀滅自己的肉體以找到平靜！最後這段時間一切折磨，所有覺醒，所有的絕望未能奏效的，這一刻竟達成了，在「唵」進到他意識的瞬間：在他的悲慘和錯亂之中認識自己。

「唵！」他自語地說：「唵！」於是他認識到梵，認識到生命無可摧毀，重新認識本已遺忘的一切神性。

然而這只是瞬間，電閃之間。悉達塔跌坐在椰子樹下，因為筋疲力竭而倒地，低吟著唵，頭靠在樹根而沉沉睡去。

他睡得很沉且無夢，長久以來他已經沒有這般安睡過了。當他幾個鐘頭之後醒來，他覺得好像已經過了十年，他聽到水流輕聲波動而不知身在何方，不知誰把他帶到此處，他張開眼睛，驚訝地看到上方的樹木和天空，想起自己身在何方以及怎麼來到此處的，而他好一會兒才回神。過去對他就像蒙上一層薄紗，無際的遙遠，無盡的遙遠，全然無關緊要；他只知道從前的生活（恢復意識最初，從前的生活在他看來是那麼遙遠的過往，曾經的化現，就像他今日自我的前世）——他已經離開原本的生活，那充滿厭惡和悲慘的生活，甚至讓他想要丟掉這個生命，記起他在一棵椰子樹下回過神來，脣間發出神聖的「唵」，然後睡著了，現在又醒來，像個重生的人看進這個世界。他在脣間輕念「唵」，讓他睡著的那個字，而他覺得這長長一覺不過是一聲綿長、冥想的「唵」，一個「唵」的念頭，潛進而完全進入「唵」，進入無名，圓滿。但是這一覺是多麼美妙啊！沒有任何睡眠像這次一樣讓他如此神清氣爽，煥然一新，重回年輕！也許他真的死去，真的沉到水底，以另一個新的形象重生？噢不，他認得自己，認得自己的手和腳，認得他躺下的地方，認得胸中的那個自我，這個悉達塔，那個自以為是，那個奇特的人，然而這個悉達塔畢竟有所轉變，更生了，奇妙地熟睡，奇妙地醒來，歡欣而好奇。

悉達塔直起身來，這時他看到對面坐著一個人，一個陌生的人，一個剃光頭的僧侶穿著黃袍，以入定的姿勢坐著。悉達塔打量這個人，既沒有頭髮也沒有鬍子，但是他不須多瞧就察覺這名僧人是葛溫達，青年時代的朋友，皈依了世尊佛陀的葛溫達。葛溫達也長了年歲，然而他臉上的線條還是和從前一樣，訴說著熱情、忠誠、追尋、憂慮。這時葛溫達感覺到悉達塔的目光，於是張開眼睛看著他，看著悉達塔，不過葛溫達沒有認出他來。葛溫達因為發現悉達塔醒來而感到高興，顯然他已經坐在這裡很久了，等待悉達塔醒來，雖然他沒有認出悉達塔來。

「我睡著了，」悉達塔說：「你怎麼會到這裡來？」

「你睡著了，」葛溫達說：「睡在這地方可不太好，這裡常有蛇出沒，森林裡的動物也會經過。啊，先生，我是世尊戈塔瑪，佛陀，釋迦牟尼的弟子，和許多師兄一起行腳經過這裡，因為我看到你躺著睡在這樣一個危險的地方，而你又睡得很沉，我就落在隊伍後面，坐在你身邊。然後，似乎我自己也睡著了，我本該守護你的。我怠忽了職責，疲勞制伏了我。不過現在你醒了，請容我離去，才趕得上我的師兄們。」

「我感激你，沙門，守護我的睡眠。」悉達塔說：「世尊的弟子都是友善的人。現在你請便。」

「我走了，先生，願你永保安康。」

「我感謝你，沙門。」

葛溫達打了問訊的手勢，說：「保重。」

「保重，葛溫達。」悉達塔說。

那個僧人立定不動。

「請問，先生，你從何得知我的名字？」

這時悉達塔微笑了一下。

「我認得你呀，葛溫達，打從你父親的茅屋，打從婆羅門學校，在祭祀儀典和我們一起走向沙門之路，還有你在祇園精舍皈依世尊的時刻，我一直都認得你。」

「你是悉達塔！」葛溫達大喊著：「現在我可認出你了，但是真不懂為何沒有立刻認出你來。久違了，悉達塔，再見到你我感到無比高興。」

「我也很高興再看到你。你曾守護我的睡眠，我要再次謝謝你，雖然我不需要護衛。你要去哪裡啊，我的朋友？」

「沒有要到哪裡去。除了雨季，我們僧人總是在路上，我們總是從一地移動到另一個地方，依循規矩生活，傳播佛法，接受布施，然後再繼續走下去。一直都是如此。你呢，悉達塔，你要去哪裡？」

悉達塔說：「我的情況和你一樣，朋友，沒有要到哪裡去。我只是走在路上，去朝聖。」

葛溫達說：「你說你要去朝聖，我相信你。但是請原諒我這麼說，悉達塔啊，你看起來不像朝聖者。你穿著富人的衣裳，你穿著上等人的鞋子，還有你的頭髮，聞起來有香水的味道，這不是朝聖者的頭髮，不是沙門的頭髮。」

「的確，親愛的朋友，你看得仔細，你銳利的雙眼看到一切。然而我並未對你說我是個沙門，我說我要去朝聖，如此而已：我要去朝聖。」

「你行腳朝聖，」葛溫達說：「但是很少人穿著這樣的衣裳去朝聖，很少人穿著這樣的鞋子，梳著這樣的頭髮。我行腳已經許多年了，還從未遇過這樣一個朝聖者。」

「我相信你，我的葛溫達。但是現在，今天，你就看到這樣一個朝聖者，穿著這樣的鞋子和袍子。你記得的，親愛的朋友：形體的世界是無常的，最無常的就是我們的袍子，頭上的帽子，還有我們自己的頭髮和身體。我穿著富人的衣裳，你看得沒錯。我穿著這身衣服，因為我曾是個有錢人，頭髮就像個世俗人和紈褲子弟，因為我曾是其中之一。」

「那麼現在呢，悉達塔？你現在是什麼？」

「我不知道，我所知道的和你一樣少。我在行腳朝聖的路上，我曾是個有錢人，但再也不是；我明天會是什麼，我也不知道。」

「你失去你的財富了嗎？」

「我失去財富，或者說財富失去我。財富已經不在我手上，形貌之輪快速轉動，葛溫達。婆羅門悉達塔何在？沙門悉達塔何在？富人悉達塔何在？無常之物快速轉變，葛溫達，你知道的。」

葛溫達看著青年時期的朋友，眼中有所懷疑。於是他有如面對尊貴之人一般向悉達塔告別，踏上自己的道路。

悉達塔臉帶微笑看著葛溫達的背影，他依然愛這個朋友，這個忠誠、靦腆的朋友。而悉達塔在這個片刻，在這個偉大的時刻，在那奇妙的一覺之後，充滿了「唵」，怎不喜愛任何人或物！在這一覺當中，藉著「唵」在他內心所發生的，正是這神妙之處：一切都是他所愛，對所見一切充滿愉悅之愛。這時在他看來，這正是他之前為何病得那樣厲害，他當時無法去愛任何人，什麼都不愛。

臉上微笑著，悉達塔看著遠去的僧侶。那一覺讓他堅強許多，但是卻餓得厲害，因為他這時已經兩天沒吃東西了，而他能堅強抵抗飢餓的時代已經過去。帶著傷感，但是也帶著笑，他想到那個時候。當時，他記得，在卡瑪拉面前他以三件事感到自豪，他會三項珍貴而無人可敵的技藝：齋戒、等待和思考。這曾是他所擁有的，是他的強項和力量所在，他堅定的原則；在他年輕的時候，在他勤奮、艱苦的年歲他學會這三項技藝，唯此三項，別無所長。如今這三項本事離身，他再也不會任何一項，既不能齋戒，也不能等待，更不會思考。為了最可悲的事物他放棄它們，為了最無常的東西，為了感官享樂，為了舒適生活，為了財富！發生在他身上的事的確奇特。而如今看來他真的變成了一個童稚之人。

悉達塔思考自己的處境。思考對他而言已有些困難，基本上他沒興致思考，但是他強迫自己去思考。

現在，他想著，既然所有最無常的東西都已經離我而去，我如今又站在太陽底下，就像我還是個孩子那時候，沒有任何東西是我的，我什麼都不會，什麼都做不到，什麼都沒學到，多麼奇妙啊！如今，當我已不再年輕，我的頭髮已經半白，力氣已經衰退，如今我又重新開始像個孩子！他忍不住微笑。是啊，他的命運確實奇特！生命在他身上倒退而行，如今他又身無長物，赤裸裸而愚蠢地活在這世間。但是他感覺不到一點哀傷，不，他甚至覺得很想笑，笑自己，笑這奇特而愚痴的人世。

「我的生命是向後走的！」他自語，還笑了出來，正當他自語的時候，他的眼光落到河上，就連河流在他眼裡都是倒向而行，一直倒退走，一面唱歌又開心。他喜歡這樣，他對河流友善地微笑。這不就是他本想溺死其中的那條河嗎？曾經，在百年之前，或者只是他在做夢？

我的生命確實奇妙，他想著，繞著一條奇妙的路。當我還是個小男孩，和我相關的只有神與祭祀；少年的時候只有齋戒、思考、冥想可做，追尋梵的境界，崇敬梵我的永恆；等我長成年輕人，苦行僧的生活吸引了我，生活在森林裡，忍受酷熱和霜凍，學會忍飢，學著讓我的軀體死去。然後我奇妙地聽聞偉大佛陀的心法，對世界整體的覺知在我體內環繞，有如我自己的血液。然而我依然必須離開佛陀和他偉大的思想。我從卡瑪拉那裡學到情慾，向卡瑪司瓦米學習從商，累聚金錢，浪擲金錢，學會珍愛自己的肚皮，學會寵愛自己的感官感受。我必須這樣度過許多年，失去性靈，忘記如何思考，遺忘「整體」。難道不是如此嗎？我慢慢繞了一大圈，從男人變成一個孩子，從一個會思考的人變成童稚之人？但是這條路繞得真好，而我胸中那隻鳥兒並未死去。好一條路啊！我非得經過那許多愚行，那許多累贅，那許多錯誤，那許多厭惡、失望和哀嘆，只是為了重新變成一個孩子，好讓我重新開始。不過這是正確的，我的心讚許，我的眼睛都因此笑開了。我必須經歷絕望，我必須沉淪到產生那個最愚蠢的念頭，自殺的念頭，才能體驗到恩慈，才能再度聽聞「唵」，才能再度睡好覺而後好好醒來。我必須先變成一個愚痴之人，才能在我之中重新發現梵我；我必先犯戒才能重新活過。我的道路還會將我引向何處？這條路是愚痴之路，這條路拐了彎，也許根本就繞著圈子。不管路怎麼前行，我都要走上這條路。

他感覺胸中喜悅美妙地膨脹。

那又是為了什麼，他的心質問著，你這般喜悅從何而來？是因為那長而香甜，讓我感到非常舒暢的這一覺？或是因為那個我說出口的「唵」？或著因為我已掙脫，我的受業圓滿，我終於又自由了，像個孩子站在天空下？這種脫逃和自由是多麼美好啊！這裡的空氣多麼純淨和甜美，呼吸多美妙！我逃離的那個地方，那裡聞起來四處都是油膏、香料、酒氣、無度、怠惰。我是多麼痛恨這個富人的世界，老饕和賭徒的世界！我有多麼憎恨我自己，恨自己在這個可怕的世界停留了那麼久！我多麼憎恨我曾經掠奪過自己，毒害、迫害自己，讓自己變得又老又醜惡！不，我將不再幻想悉達塔有智慧，不再像從前喜歡想像的那樣。但是如今我停止憎恨我自己，停止用那愚痴而貧乏的生活糟蹋自己，這我做對了，我喜歡這樣！我讚美你，悉達塔，在多年愚痴之後，你又重新有了想法，做了一些事，聽到你胸中歌唱的鳥兒，並且跟隨了牠！

他這樣讚美自己，對自己感到開心，好奇地聽著自己餓得咕嚕叫的肚子。他感覺到，在最後這段時日他已經徹底嚐到一點苦，一些悲哀，絕望欲死地吞下。這是好的，否則他可能留在卡瑪司瓦米身邊更久，賺錢，浪費錢，填塞肚腸，讓心靈飢渴，可能還在那溫柔地獄裡住得更久，而這一切可能不會出現：完全沒有悲憫和徹底絕望的時刻，最後的那一刻，懸在奔流的河邊而隨時準備毀滅自己。因為他感覺到這絕望也最深刻的厭惡，卻沒有被擊倒，那隻鳥兒，他內在的快樂泉源和聲音依然活著，他因此感到開心，因此而笑，因此他灰髮下的臉龐散發出光芒。

「這是好的，」他想到：「親身體驗一切應該知道的事。世間情慾和財富沒有任何益處，這是我從孩提時代就學到的，我老早就已經知道，但是我現在才體驗到。而現在我知道了，不是我的耳聞強記，而是用我的眼睛、我的心、我的身體得知這一切。知道這些，真好！」

良久，他思考著自己的轉變，傾聽那隻鳥兒是怎樣歡唱著。他內在的這隻鳥兒不是已經死亡，他不是已經感覺到牠的死亡了嗎？不，他內在其他東西死去了，那些早已期望死去的。他不是在熱切的悔罪歲月就想殺死這些了嗎？難道他多年對抗的不是他的自我，他小小的、憂懼而驕傲的自我，而他不斷征服自我，自我卻又不斷重生，禁止快樂，感到恐懼？這個自我今天難道不是終於死去，在這個森林裡這條可愛的河邊？難道不是因為這一場死亡，讓他現在像個孩子，那樣充滿信賴，無懼而充滿喜悅？

這時悉達塔也想到，為何他還是婆羅門、沙門的時候對抗這個自我總是徒勞，太多知識阻礙了他，太多聖詩，太多祭祀規矩，太多清修苦行，永遠最努力，永遠都只為了向前一步，永遠為了成為有知識和才智之人，總是為了成為祭司或智者。他的自我就是爬進了這種高傲，躲進這種精神性之中，穩坐其中而不斷增長，而他卻以為用齋戒和懺悔已經殺死了它。如今他看到了，知道那暗中發出的聲音是對的，沒有任何上師能解救他。因此他必須走入世間，看著情慾和權力，迷失在女人和金錢之間，必須變成一個商人、賭徒、酒徒和貪婪之人，直到殺死他內在的那個祭司和沙門。因此他必須忍受這些醜陋的歲月，承受這荒蕪、迷失生活裡那些厭惡、空洞以及毫無意義，直到盡頭，直到痛苦的絕望降臨，直到那個紈褲子弟悉達塔，那個貪婪的悉達塔也能死去為止。他死了，嶄新的悉達塔從睡夢中醒來。他也會變老，有一天也必須死去，悉達塔不是永恆不變的，每個形體都是無常。但他今天是年輕的，是個孩子，是新的悉達塔，而且充滿快樂。

他想著這些，微笑地傾聽自己飢腸轆轆，感恩地聽著嗡嗡的蜜蜂。他開心地看著奔流的河水，從來沒有一條河讓他這麼喜歡，從來不曾這般強烈而美好地感受到流動河水的聲音和諭示。他覺得，這條河流告訴他一些特別的事，一些他還不知道的事，還等著他去知道的事。悉達塔曾想溺死在這條河裡，今日那個老而疲憊、絕望的悉達塔已經淹死了。新的悉達塔卻對這奔流的河水感到深刻的愛意，暗自決定不要那麼快就離開這條河。

船夫

我想留在這條河邊，悉達塔這麼想著，我初次踏上童稚之人的道路就在這條河邊，當時有個友善的船夫渡我過河，我要去找他，我曾從他的茅屋踏上新生活的道路，現在這條路已經老舊斷絕——希望我眼前的道路，我現在的新生活也從他茅屋門口開始！

他溫柔地望著奔流的河水，看著河水透明的綠，充滿神祕圖案的結晶線條。他看到明亮的珍珠從深處升起，靜靜的氣泡游到水面，倒映著天空的藍。河流以無數的眼睛望著他，綠色，白色，透明、天藍色。他多麼喜愛這河水，讓他感到喜悅，他無限感激！他內心聽到那個重新甦醒的聲音說：愛這河水！留在河邊！向河流學習！是啊，他想向河流學習，他想傾聽河流。能瞭解這河水及其祕密的人，他覺得，也能瞭解其他許多事，許多祕密，一切奧祕。

而河流的祕密他今日卻只看到一個，緊扣著他的心弦，他看到：河水流了又流，不斷流動，然而河水依舊，永遠且隨時都是河水，然而每一刻都是新的河水！噢誰能掌握這點，誰能理解！他能理解卻無法掌握要義，只覺得一些想法如雨落下，是遙遠的記憶，神一般的聲音。

悉達塔起身，他已難忍身體的飢餓。他認命地繼續走下去，沿著河邊小徑，逆流而上，傾聽河流，傾聽身體裡轆轆飢腸。

到了渡口，同一艘小船依然在原地，還是同一名船夫，就是他曾把年輕的沙門渡過河去，他就站在船上。悉達塔認出他來，他也變得很老了。

「可願將我渡過河去？」他問船夫。

船夫驚訝於看到這樣高貴的人獨自步行前來，卻依然讓悉達塔上船，撐船離岸。

「你為自己選擇了美好的生活。」船客說著。

「每天在這條河邊生活，在河上航行，一定很美好。」

船夫微笑著搖櫓，說：「是美好，先生，正像你所說的。但是每種生活，每種工作都是美好的，不是嗎？」

「或許吧，但是我羨慕你的。」

「哎，你很快就會沒興趣的，這不是給穿著好衣裳的人做的事。」

悉達塔笑了：「今天我已經因為這些衣裳而受人側目，被人懷疑地打量。你要不要我這身累贅的衣裳？因為你要知道，我可沒錢付你船資。」

「先生說笑了。」船夫笑著

「我沒開玩笑，朋友。你看，你以前就曾經用這船渡我過河，只收到神的酬答。我今天也是這樣，請接受這身衣裳當船資吧。」

「先生你要光著身體繼續旅行嗎？」

「啊，我更希望不必繼續旅行。我最希望，船夫先生，你能給我一件舊圍兜，讓我留在你身邊當助手，甚至當你的學徒，因為我得先學會搖船。」

船夫看著這陌生人良久，思索著。

「現在我認出你來了，」他終於說：「你曾睡在我的茅屋裡，好久以前，應該超過二十年了，你當時被我渡過河，我們像好朋友一般告別。你那時不是個沙門嗎？我已經想不起你的名字了。」

「我叫悉達塔，你前次看到我的時候，我是個沙門。」

「那麼，歡迎啊，悉達塔，我叫瓦蘇德瓦[26]。我希望你今天也當我的客人，睡在我的茅屋，告訴我你從哪裡來，為啥這麼討厭你這身漂亮的衣裳。」

他們已經到達河中央，瓦蘇德瓦稍微用力撐船，好撐過急流。他靜靜地工作著，眼睛盯著船首，用他強壯的臂膀撐船。悉達塔坐著看他撐船，想到當時，想到他沙門生涯的最後一天，對這名船夫的喜愛在他心裡激盪。他感激地接受瓦蘇德瓦的邀請，當他們到了對岸，他幫忙將船綁在木樁上，然後船夫請他進屋，給他麵包和水，而悉達塔津津有味地吃著，也同樣開懷地吃了瓦蘇德瓦給他的芒果。之後差不多夕陽西斜時分，他們坐在河岸一棵樹幹上，而悉達塔對船夫敘述自己的出身和生活，他今天如何在絕望的時刻從眼裡看到的一切。他訴說著直到深夜。

瓦蘇德瓦非常專注傾聽著，吸收聽到的一切，悉達塔的出身和童年，所有的學習和追尋，一切喜悅和困頓。這是船夫所有美德當中最大的一項，只有少數人能做到：他懂得傾聽。他不用說一個字，說的人還是能感覺到船夫接受對方所說的每句話，安靜，開放、期待著，不漏點滴，沒有任何不耐煩，既不稱讚也不指責，只是聽著。悉達塔覺得能向這樣一名聽眾坦承一切是多麼幸運，讓自己的生活，自己的追尋和痛苦沉入對方的心裡。

然而在悉達塔敘述的最後，當他說到河邊的那棵樹，以及他深深的墮落，說到神聖的「唵」，如何在低吟著「唵」之後對這條河感到莫大的愛，船夫這時更是帶著雙倍的注意力傾聽，完完全全投入，閉上雙眼。

但是當悉達塔沉默下來，有好一會兒完全靜默的時候，瓦蘇德瓦說：「一切正如我所想的。這條河對你說話，它也是你的朋友，它也對我說話。這條河是好的，非常好。留在我身邊吧，悉達塔，我的朋友。我曾娶妻，她的床鋪就在我的旁邊，但是她已經去世很久了，我長久以來都一個人過日子。你現在和我一起生活，有足夠的空間和食物給我們兩人過活。」

「我感謝你，」悉達塔說：「謝謝你，我接受你的邀請。我也感謝你，瓦蘇德瓦，這般聽我傾訴！很少人瞭解如何傾聽，我沒有遇到其他人像你這般瞭解的。這也是我要向你學習的。」

「你學得會的，」瓦蘇德瓦說：「但不是跟我學。這條河教會我傾聽，你也會向它學習，這河知道一切的事，可以從這河學到一切，你也已經從河水學到努力向下是好的，向下沉，追尋深處。富有而高尚的悉達塔變成擺渡人，有學問的婆羅門悉達塔變成船夫：這也是這條河告訴你的。你還會從這條河學到其他的事。」

停頓了好一會兒之後，悉達塔說：「什麼其他的事啊，瓦蘇德瓦？」

瓦蘇德瓦起身，「已經很晚了，」他說：「我們休息吧。我不能告訴你『其他的』是什麼事，朋友。你會學到的，也許你也已經知道了。你瞧：我不是有學問的人，不懂得怎麼說話，我也不知道怎麼思考，我只曉得張開耳朵和保持虔誠，其他的我什麼也沒學。我要是能說得出來教導別人，那我就是個智者了，但我只是個船夫，我的工作就是渡人過河。我渡了許多人過河，無數的人，對他們而言，這條河只是他們旅程的阻礙，他們遠行追求財富和生意，參加婚禮或慶典，而這條河橫在他們路上，船夫的作用就是為了讓他們盡快越過這個障礙。但是這無數的人當中有些人，少數幾個，四個或五個，他們不再把這條河看成阻礙，他們聽見河流的聲音，細聽了這河，於是這河在他們眼裡變成神聖的，就像在我眼裡那樣。現在讓我們休息去吧，悉達塔。」

悉達塔於是留在船夫身邊，學著操縱小船，不擺渡的時候，他就和瓦蘇德瓦一起在稻田裡工作，收集木材，採收芭蕉。他學會刨製木槳，修繕小船，編織籃子，對自己所學的一切感到歡喜，日子過得很快。這條河教導他許多，勝於瓦蘇德瓦能教導他的。悉達塔從這條河學會永不休止，這河特別教會他傾聽，以沉靜的心傾聽，以等待、開放的心靈去聽，不帶狂熱，沒有期望，不加批判，不生想法。

他和瓦蘇德瓦情同手足地一起生活，有時彼此交換隻字片語，很少但都是經過深思的話。瓦蘇德瓦不是言語之友，悉達塔很少能打動他說話。

有一次悉達塔問他：「你可曾也從河流學到一個祕密：其實根本沒有時間？」

瓦蘇德瓦的臉浮起一抹明亮的微笑。

「是的，悉達塔，」他說：「你的意思是說這條河到處都看得到，不管在源頭還是在河口，在瀑布還是在渡口，或是急流，在海裡，在山間，到處都看得到，對這河而言只有當下，沒有過去的陰影，沒有未來的遮掩？」

「正是如此，」悉達塔說：「我學到這個祕密的時候，我看著自己的生命，那也是一條河，男孩悉達塔、壯年悉達塔和老朽悉達塔只以陰影分別，卻沒有真實的界線。悉達塔的前世也沒有過往，他的死亡和回歸梵並無未來。一切在過去是空，也將成空；一切都存在，一切皆有真性及當下。」

悉達塔愉快地說著，這個醒悟讓他深感喜悅。噢，難道一切苦不都是時間？所有的自我折磨和自我恐懼皆是時間，一切重擔，世間所有敵意都會離去，都會被克服，只要克服時間，只要不去考慮時間。他愉快地說，瓦蘇德瓦只是對他燦爛地微笑著，沉默地點頭表示贊同，用手輕拍悉達塔的肩膀，然後回到工作上。

然後又有一次，正當河流在雨季上漲，猛烈地轟隆作響，這時悉達塔說：「難道不是這樣嗎？我的朋友啊，河流有許多不同的聲音，非常多種聲音。它難道沒有國王的聲音，戰士的聲音，公牛的聲音，夜鶯的聲音，分娩的聲音，還有嘆息者的聲音，以及其他成千上百種聲音？」

「正是如此，」瓦蘇德瓦點頭：「所有造物的聲音都在它的聲音裡。」

「而且你知道，」悉達塔繼續說：「它說的是哪個字嗎？如果你能一次同時聽到它的千百種聲音。」

瓦蘇德瓦的臉幸福地笑著，他彎身向著悉達塔，在他耳邊說出那個神聖的「唵」，而這正是悉達塔所聽到的。

而每一次又一次，他的微笑和船夫的越來越像，幾乎同樣燦爛，幾乎同樣被幸福完全照亮，同樣由無數小細紋發散著，一般純真，一般老耄。許多旅人，當他們看到這兩名船夫都以為他們是兄弟。他們經常在傍晚一起坐在岸邊樹幹上，安靜地傾聽河水的聲音，而那對他們而言早已不是水聲，而是生命的聲音，存在者的聲音，永恆變化之聲。有時會發生，兩人在傾聽河水聲時想到同一件事，想到前天的對話，想起他們的旅客，想著他們的臉和命運，想到死亡，想到他們的童年，若他們在同一時刻，當河水對他們說了什麼好聽的，就會互看一眼，兩人都正好想著同一件事，兩人都因為對同一個問題有相同的答案而高興。

這艘渡船和這兩名船夫散發出些什麼，這是許多旅人都感覺得到的。有時會發生，有個旅人看到其中一個船夫的臉之後，開始敘述自己的生活，訴說自己的痛苦，承認自己的邪惡，請求安慰和建議。有時會發生，某個旅人請求在他們那裡過夜，好傾聽河流的聲音。也有好奇者前來，他們聽別人說，在渡船頭住著兩位智者，或是魔法師，還是聖人。好奇的人發出許多疑問，但是他們得不到回答，他們既沒找到魔法師也沒找到智者，他們只找到兩個年老友善的人，他們沉默寡言，看起來有些奇特而痴呆。而好事者笑了起來，聊了起來，說人們是如何愚蠢和輕信，散播了這樣空洞的謠言。

幾年過去了，他們都沒有數算。有一天幾名僧人經過，他們是戈塔瑪——佛陀的弟子，請求船夫渡他們過河。船夫從他們那裡得知，他們非常急著要趕回上師的身邊，因為有個消息傳說世尊病危，而且很快就會進入最後一次肉身死亡，進入涅槃。不久後，又來了一群朝聖的僧人，然後再一批，這些僧人和其他大部分旅人都只談論一件事，那就是戈塔瑪以及他即將入滅圓寂。就像戰士行軍或是國王加冕遊行，從四面八方湧入人群，像螞蟻一樣聚在一起，他們就像被魔法所牽引，湧向偉大的佛陀等待圓寂的地方，這件非比尋常的大事即將發生的地方，也是一代大圓滿者即將進入涅槃之地。

悉達塔在這段時間常想到即將圓寂的智者，偉大的上師，他的聲音教誨民眾，喚醒千百人心，悉達塔也曾聽到過的聲音，佛陀神聖的表情也曾受他尊敬瞻仰。他友善地想起世尊，在眼前看到他的圓滿之路，微笑地想起那些話，那是他還是個年輕人的時候，曾對世尊說過的話。在他看來，那些是自負而老成的話，他微笑地想起這些話。他早已不能再和戈塔瑪分別開來，而悉達塔最終沒有皈依他的法。不，一個真正追尋著，真正想找到什麼的人不可能依循任何法。然而找到的人，他就能接納任何、任何的法，任何道路，任何目標，沒有什麼能使他和其餘千百人分別開來，那些活在永恆的人，那些呼吸著神性的人。

在這些日子當中某一天，許多人要趕到即將圓寂的佛陀那裡，從前最美的名妓卡瑪拉也在其中。她早已從過去的生活退隱，將她的林園送給戈塔瑪的僧眾，皈依了佛法，是行腳僧的朋友和善心支助者之一。她帶著個男孩小悉達塔，她的兒子，她聽到戈塔瑪即將圓寂的消息，於是動身前往，穿著樸素的衣裳，步行前去。她和兒子走在河邊，男孩很快就累了，想要回家，想要休息，想要吃東西，變得頑固又哭哭啼啼的。卡瑪拉必須不時和他一起休息，他習慣了從她那兒得到想要的，她必須餵兒子吃東西，必須安慰他，必須責罵他。兒子不能理解，為何他必須和母親這麼辛苦而悲戚地朝聖，去一個不認識的地方，去見一個陌生人，那個神聖而即將死去的人。就算聖人要死了，跟這男孩又有什麼關係？

當小悉達塔再次要求母親讓他休息，行腳一眾距離瓦蘇德瓦的渡船口已經不遠了。卡瑪拉自己也累了，男孩啃著香蕉時，她自己蹲在地上，稍微閉上眼睛休息。突然間她大聲呼痛，男孩驚恐地望著她，看到她的臉因震驚而蒼白，而從她的衣服底下爬出一隻小黑蛇，就是牠咬了卡瑪拉一口。

母子兩人這時急忙跑到大路上，好找人幫忙，於是來到渡口附近，卡瑪拉就在那兒癱倒，再也無法前進。男孩發出呼救聲，且不時親著母親，抱著母親的脖子，而卡瑪拉也跟著兒子一起呼救，直到他們的聲音傳到瓦蘇德瓦的耳裡，他就站在渡口邊。他很快趕了過去，把這婦人抱起來帶到船上，男孩緊跟在後，他們一行很快就到了茅屋，悉達塔正站在爐邊生火。他抬起頭，首先看到那男孩的臉，讓他奇妙地想起已經遺忘的一些事。然後他看到卡瑪拉，他立刻就認出她來，雖然她失去意識地躺在船夫懷裡，這時他知道那男孩是自己的兒子，男孩的臉讓他完全想到自己的臉，他的心在胸膛裡怦怦跳著。

卡瑪拉的傷口被洗淨了，但是已經發黑，而且她的身體腫脹，他們讓她喝了藥。她的意識恢復了，躺在茅屋裡悉達塔的床上，而悉達塔就彎身站在她面前，他曾如此深愛過她。她覺得這有如一場夢，微笑看著旁人的臉，慢慢地才認清自己的處境，想起蛇咬，擔心地叫喊著男孩。

「他在你身邊，不要急。」悉達塔說。

卡瑪拉看著他的眼睛，舌頭因為毒性而癱瘓、沉重，「你變老了，親愛的。」她說：「你已滿頭星霜，然而你還是那個年輕的沙門，曾經沒穿衣服光著雙腳來到我的林園。你現在比當時，比你離開我和卡瑪司瓦米的時候更像個沙門。你的眼睛像那個沙門，悉達塔。噢，我也變老了，老了——你還認得我嗎？」

悉達塔微笑著說：「我立刻就認出你來了，卡瑪拉，親愛的。」

卡瑪拉指著她的孩子對悉達塔說：「你也認得他嗎？他是你的兒子。」

她的眼神變得渙散而後闔上。男孩哭泣著，悉達塔讓他貼著自己的膝蓋，讓他哭泣，輕撫他的頭髮，看到那個孩子的臉之時，他想到一段婆羅門的祈禱，是他從前還是個小男孩之時學到的。慢慢地，悉達塔以吟唱的聲音開始念誦禱詞，字字句句從過往和童年湧出。在他的吟唱之下，男孩安靜下來，只是不時抽噎著，而後沉沉入睡。悉達塔把他放在瓦蘇德瓦的床鋪上，瓦蘇德瓦站在爐邊煮飯。悉達塔向他看了一眼，對方微笑地示意。

「她快死了。」悉達塔輕聲說。

瓦蘇德瓦點頭，爐子的火光映在他和善的臉上。

卡瑪拉再次恢復意識，疼痛扭曲了她的臉，悉達塔的眼睛讀著她嘴上、蒼白兩頰上的痛苦。他靜靜地看著，專注地，等待地，對著她的痛苦陷入沉思。卡瑪拉感覺到了，她的視線尋找他的眼睛。

卡瑪拉看著他，對他說：「我現在看清了，你的眼睛也改變了，你完全不同了。我如何還能認得出你是悉達塔呢？你是他，又不是他。」

悉達塔沒有說話，靜靜地看著她的眼睛。

「你達成了嗎？」她問：「你找到平靜了？」悉達塔微笑著，將手放在她手上。

「我看出來了，」她說：「我知道了。我也將找到平靜。」

「你已經找到平靜了。」悉達塔輕聲低吟。

卡瑪拉定定地看著悉達塔的眼睛，她想到，自己原本要朝聖到戈塔瑪那兒去，好看到大圓滿者的臉，呼吸他的平和之氣，如今她沒有找到戈塔瑪的平靜，而是找到自己的，這是好的，就像親眼看到世尊一般好。她想對悉達塔說話，但是舌頭已經不聽使喚。她靜靜地看著悉達塔，而悉達塔在她眼裡看到生命消逝。當最後的痛苦充滿她的眼睛，讓她瞪大了眼，當最後一陣顫抖傳遍她的肢體，他用手指覆上她的眼瞼。

悉達塔坐在那兒良久，望著她沉睡的臉，他久久地看著她的嘴，她蒼老而疲憊的嘴，變得細薄的雙脣，想到自己在青春歲月裡，曾將這雙脣比喻為初結的無花果。他坐在那兒良久，讀著她蒼白的臉，在疲憊的皺紋之間，用雙眼所見填滿自己，看到自己的臉也是這樣，同樣蒼白，同樣滅絕，同時卻又看到自己和她的臉是年輕的，有著紅潤的雙脣，燃燒的雙眼，當下時光重疊的感受完全貫穿了他，永恆的感受。他深刻感覺到，比任何時候都深刻，在這一刻感受到每段生命的無可摧毀，每一刻的永恆。

當他起身，瓦蘇德瓦已經幫他準備好飯食，然而悉達塔沒有吃。在山羊棚裡，兩個老人堆好一堆乾草，瓦蘇德瓦躺下睡了，悉達塔卻走了出去，徹夜坐在茅屋前，傾聽著河流，被往事衝擊著，被他生命的每一個時刻同時碰觸著，包圍著。他偶爾站起身來，走到茅屋門邊，傾聽男孩是否睡著。

第二天一早，還看不見太陽的時候，瓦蘇德瓦從羊棚走出來，走向他的朋友。

「你沒睡。」他說。

「沒有，瓦蘇德瓦。我坐在這裡聽河，河流告訴我許多事，它以撫慰的想法，『一體』的想法深深地充滿我。」

「你經歷了磨難，悉達塔，但是我發現，悲傷並未進入你心裡。」

「不，親愛的朋友，我為什麼要哀傷呢？我，曾經富有而快樂的我，如今還要更富有、更快樂。我的兒子被送來給我了。」

「我也歡迎你的兒子。但是現在，悉達塔，讓我們上工去吧，有許多事要做。卡瑪拉過世的那張床，我的妻子也在那上面死去。我們也要為卡瑪拉在同一個山丘上堆個火葬堆，就在我曾經為我的妻子堆起火堆的那個地方。」

男孩依舊熟睡之時，他們就堆起柴堆。

---

26 瓦蘇德瓦（Vasudeva），也是印度教神話裡黑天（Krischna）的父親，有衍生為包含宇宙一切本質之意。

兒子

男孩怯生生又哭哭啼啼地參加母親的葬禮，臉色陰沉又畏縮地聽著悉達塔說話，悉達塔把他當兒子說話，又歡迎他來到瓦蘇德瓦的茅屋一起住。男孩鎮日蒼白地坐在埋葬死去母親的小丘上，不想吃，不想看，封鎖了他的心，反抗、拒絕他的命運。

悉達塔也不勉強他，滿足他的要求，尊重他的哀傷。悉達塔瞭解，兒子並不認識他，不能像愛父親一樣地愛他。慢慢地他看出也明瞭這個十一歲的男孩是個被寵壞的孩子，離不開母親的孩子，在富裕的環境中成長，習慣精緻的食物、柔軟的床鋪，習慣命令僕從。悉達塔瞭解哀傷而被寵壞的孩子不會突然、也不樂意接受陌生人以及窮困生活。悉達塔不強迫他，為他做許多事，總是儘量為他找來最好入口的食物。他希望以友善的耐心慢慢贏得孩子的心。

這個孩子初來之時，他曾說自己是富裕而快樂的。而當時間過去，這孩子依舊陌生而陰鬱，因為他顯現出驕傲而固執的心，不想工作，不尊敬老船夫，亂拔瓦蘇德瓦的果樹，悉達塔於是開始瞭解到，隨著兒子而來的不是快樂與平靜，而是災難和憂慮。然而悉達塔愛這孩子，他寧可因愛而受苦擔憂，也不要沒有這孩子的快樂和平靜。

自從小悉達塔住進茅屋之後，兩個老人就開始分工。瓦蘇德瓦繼續一個人擺渡，而悉達塔為了留在兒子身邊，就負責茅屋裡和田裡的工作。

悉達塔等待了相當長的時間，好幾個月，等他的兒子瞭解他，接納他的愛，或許也會以愛來回應他。瓦蘇德瓦也等了好幾個月，只是旁觀著，等待著，沒多說話。有一天，當小悉達塔又以固執和情緒折磨他的父親，打破兩個飯碗，當天傍晚瓦蘇德瓦就把他的朋友拉到一邊，要和他談談。

「原諒我，」瓦蘇德瓦說：「出於友情我要對你說些話。我看出你在折磨自己，我看出來你正苦惱。你的兒子，親愛的朋友，是他讓你擔憂，也讓我擔心。這隻年輕的鳥兒習慣另一種生活，另一種巢穴。他並不像你因為厭惡、厭煩才離開財富和城市，他不是自願放下一切的。我問了河流，朋友啊，我問了這河許多次，河流只是笑著，它嘲笑我，笑我和你，因為我們的愚蠢而搖頭。水自成水，年輕人自成年輕人，你的兒子並不在他能成長的地方。你也問問這河水，聽聽河水的話！」

悉達塔憂心地望著朋友和善的臉，皺紋依然爽朗。「我能和他分開嗎？」他輕聲地問，感到羞愧。「再給我一點時間吧，親愛的朋友！你看，我正爭取他的心，想籠絡他，我想用愛和友善的耐心留住他。河水也會對他說話，他也是被召喚而來的。」

瓦蘇德瓦的微笑綻放得更加溫暖。「啊沒錯，他也是被召喚而來的，他也有永恆的生命。但是我們，你和我，知道他為何被召喚來此，要走上哪條道路，做什麼樣的事，承擔何種苦嗎？他少不了受苦，他有顆驕傲而剛硬的心，這樣的人必然得多受罪，常迷惘，多行不義，招來許多罪惡。告訴我，親愛的朋友：你難道不教導你的兒子嗎？你不強迫他？不打他？不懲罰他？」

「不，瓦蘇德瓦，我不這麼對待他。」

「我知道，你不強迫他，不打他，不命令他，因為你知道柔弱勝剛強，水比石堅，愛勝於暴力。非常好，我要稱讚你。但是這難道不是你的錯誤，以為不該強迫他，不該處罰他？你難道不是以你的愛來牽制他？你不是每天都讓他感到羞愧，讓他更難接受你的善意和耐心？你不是強迫這個高傲而被寵壞的孩子，和兩個啃香蕉的老人住在茅屋裡，老人連米飯都能當作美食，我們的想法不會是這孩子的，我們的心境已老且平靜，和孩子的有著全然不同的道路；難道這一切對他不是強迫、處罰？」

悉達塔內心動搖，望著地面，輕聲地問：「你認為我該怎麼做呢？」

瓦蘇德瓦說：「帶這孩子進城，帶他住進母親家裡，那裡一定還有家僕在，把孩子交給他們。如果家裡都沒其他人在了，就把他交給老師，不是為了學習，只是讓他和其他男孩、女孩一起，走進他的世界。你難道從未這麼想過？」

「你懂我的心，」悉達塔哀傷地說：「我經常這麼想。但是你看，這個原本就沒有柔軟心的孩子，我怎麼把他交給這個世界？他能好好成長，不會迷失於慾望和權力，不會重複他父親的所有錯誤嗎？或者完全迷失在輪迴之中？」

船夫的微笑亮了起來，他輕拍悉達塔的臂膀，對他說：「問河水吧，朋友！聽河水取笑你！你真的以為你這番笨拙都是為了不讓兒子重複你的錯誤嗎？而你真的能保護兒子不墮輪迴嗎？怎麼做？藉由法門，祈禱，警惕？親愛的朋友，你難道完全忘了那個故事，你曾在這裡告訴過我的，那個婆羅門子弟悉達塔寓意深遠的故事？誰讓沙門悉達塔不墮輪迴、罪惡、貪婪和愚痴？父親的虔誠，老師的教誨，自己的知識，自己的追尋可曾讓他不墮輪迴？哪個父親、老師能防止他過自己的生活，糟蹋自己的生活，招致罪惡，吞下苦酒，找到自己的道路？親愛的朋友，你真的以為，或許能幫某人避開這趟歧路？也許為你的小兒子，因為你愛他，因為你很想幫他省略這些苦、痛和失望？即使你為他死十次，也不能為他省略一點命運的道路。」

瓦蘇德瓦還從未說過這麼多話。悉達塔友善地致謝，煩惱地走進茅屋，久久無法入睡。瓦蘇德瓦對他說的這番話，他早已想過也早該明白。但是知道卻不能做到，他對這男孩的愛，他的父愛以及失去兒子的憂慮勝過理智。他可曾為了任何事物這般心亂，他可曾這般愛過任何一個人，如此盲目、痛苦，毫無成果卻如此快樂？

悉達塔無法接受朋友的建議，他不能放開兒子。他接受兒子的命令，讓兒子輕視他。他沉默、等待著，每天開始安靜地爭取兒子的友誼，耐心無聲地爭奪。瓦蘇德瓦也沉默、等待著，友善，諒解，耐心。這兩個老人都是忍耐大師。

有一次，男孩的臉讓悉達塔非常想念卡瑪拉，讓他突然想到卡瑪拉很久以前說過的話，當時他還是個年輕人：「你無能去愛任何人。」卡瑪拉當時這麼對他說，而他也認為她說得對，將自己比作天上星辰，將童稚之人比作墜落的葉子，然而他從這句話也聽到一絲責備之意。他的確從未因另一個人而迷失，從未將自己交託給別人，從未忘記自我，從未因為另一個人的愛而犯傻；他從未能做到這些，當時他覺得，這是他和童稚之人的一大區別。然而如今，自從他的兒子來到之後，他，悉達塔，也完全變成童稚之人，為了另一個人而受苦，愛上一個人，因為愛而迷失，因為愛而變成傻子。如今他也感覺到，相當遲來的，一生一回這最強烈也最奇特的激情，因此而受苦，可悲地忍受著，然而卻是幸福的，畢竟有些什麼重生，稍微多一些什麼。

他當然感覺到，這種愛，對兒子盲目的愛是種激情，是非常人性的愛，是種輪迴，是混沌的根源，黑暗的水泉。然而，他同時也感覺到，這愛不是沒有價值的，是必要的，來自他自己的本性。這種情感也要付出代價，痛苦也要品嚐，傻事也要做。

這期間兒子就讓悉達塔做著傻事，讓他籠絡自己，讓他每天因兒子的脾氣受折辱。父親沒有任何讓他高興的地方，也讓他毫無畏懼。他是個好人，這個父親，是個善良、好脾氣、溫和的人，也許是個非常虔誠的人，或者是個聖人——這一切都不是能贏得這男孩的特質。這個父親讓他感到無聊，把自己關在他破爛的茅屋裡，他覺得這父親真是無趣，用微笑面對兒子的肆虐，每句責罵都溫和回答，每個惡行都以善意來回應，一切根本都是這個老偽君子最可恨的詭計。男孩寧可被他威脅，被他虐待。

終於有一天，年輕的悉達塔想逃走，於是正面反抗他的父親。父親要求兒子收集小樹枝，然而男孩不願走出茅屋，固執而憤怒地站著，腳跺著地，握起拳頭，在強烈怒氣爆發下，對著父親的臉嘶吼出怨恨、輕視。

「你自己去收集小樹枝！」他口沫橫飛地大叫：「我不是你的僕人。我知道的，你不會打我，你不敢；我知道你要用你的虔誠和關心不斷懲罰我，貶低我。你想我變得和你一樣，一樣虔誠，同樣溫和，一般有智慧！可我呀，你聽好，為了讓你受苦，我寧可變成強盜和殺人犯，然後下地獄去，也不想變得和你一樣！我恨你，你不是我父親，就算你三番兩次當過我媽的情人！」

憤怒和悲痛貫穿他，讓他對父親噴出幾百句狂亂、惡毒的話。然後男孩就跑走了，直到很晚才回來。

第二天早晨他卻不見了，一起消失的還有一個小小的、用兩種顏色的樹皮編織的籃子，裡面放著船夫收起來的銅板和銀幣，那是他們擺渡賺來的錢。連船也不見了，悉達塔看到船停靠在對岸。男孩跑走了。

「我必須跟著他，」悉達塔說，他從昨天聽到男孩的怒罵之後就一直哀傷得發抖。「一個孩子是不可能獨自穿過樹林的，他會死掉的。瓦蘇德瓦，我們必須搭個筏子，才能過河去。」

「我們搭個筏子，」瓦蘇德瓦說：「為了得回被男孩划走的船。但是你應該讓他走，朋友，他已經不是孩子了，他知道如何幫助自己。他尋路進城，而他是對的，不要忘了這點。他做了你沒有做的事。他照顧自己，走上自己的道路。哎呀，悉達塔，我看到你受苦了，但是你受的是讓人想嘲笑的苦，連你自己都會嘲笑的苦。」悉達塔沒有回答，已經把斧頭拿在手上，開始用竹子綁竹筏，而瓦蘇德瓦幫忙將竹竿用草稈綁在一起。然後他們過河，被沖得遠遠的，在對岸逆流拉著竹筏。

「你為什麼帶著斧頭？」悉達塔問，瓦蘇德瓦說：「我們船上的櫓槳可能已經不見了。」

悉達塔卻明白朋友心裡想什麼，他想到男孩可能已經把槳丟掉，或者打斷，好報復他們，阻礙他們跟隨前去。而的確，船上已無船槳蹤跡。瓦蘇德瓦指著船底，微笑地看著他的朋友，就好像在說：「你沒看清你兒子想對你說什麼嗎？你不知道他不想被追蹤嗎？」然而瓦蘇德瓦沒把這些話說出來。他開始削製新的槳。悉達塔卻向他告別，好去尋找逃走的男孩，瓦蘇德瓦沒阻止他。

悉達塔已經在森林裡走了很久，他想到自己的搜索是無用的。他想，要不就是男孩已經走得很前面，早已進城，或是，如果男孩正在路上，也會藏身不讓他這追蹤者看見。他繼續想著，也發覺其實自己不是擔心兒子，在他內心最深處知道，孩子既沒有死去，也沒有在森林裡遭受危險。然而他依然不停地跑著，已經不再是為了救他，而是出於渴望，只想或許再看兒子一眼。然後他就這麼跑到城邊。

當他接近城市，站在那條寬廣的街上，他在一座美麗庭園的門口站住了，那個林園曾屬於卡瑪拉，他曾在那兒，在那頂轎子裡，第一次看到卡瑪拉。往事浮現心頭，他看見自己又再度站在那兒，年輕，一個滿臉于思、沒穿衣服的沙門，頭上滿是灰塵。悉達塔站在那兒良久，透過敞開的大門看進花園裡，看到穿著黃袈裟的僧人走在茂盛的樹下。

他站在那兒良久，思索著，看到一幅幅畫面，諦聽他生命的過往。他佇立良久，望向僧人，看到的卻不是他們，而是年輕的悉達塔，看到年輕的卡瑪拉走在高高的樹下。他清楚地看到自己如何接受卡瑪拉的款待，如何接受她的第一個吻，他如何驕傲而輕視地回顧婆羅門生涯，驕傲而渴望地展開世俗生活。他看到卡瑪司瓦米，看到僕人，看到狂歡盛筵，擲骰賭戲，樂師，看到卡瑪拉籠子裡的鳴唱鳥兒，再度活過這一切，呼吸到輪迴的氣味，再次變老而疲憊，再次感覺到那種厭惡，再次感覺到毀滅自己的欲望，再度因為神聖的「唵」而恢復生氣。

在林園門口站立良久之後，悉達塔瞭解到，將他帶到此處的渴望是愚痴的，瞭解自己無法幫助兒子，瞭解自己不可牽掛於他。他內心深深感覺到對逃走的孩子的愛，就像道傷口，同時也感覺到，這道傷口不是為了讓他重提舊恨，而是必須開花、發光。

這道傷口直到此刻尚未綻放，尚未發光，這使他哀傷。這期望之地，將他帶到這裡，尾隨著逃脫的兒子，此時卻是空的。他哀傷地坐下，覺得自己的心裡有些什麼正在死去，他感覺到空洞，再也看不到喜悅，沒有目標。他沉思地坐著，等待著，他在河邊學會了這些：等待，耐心，傾聽。而他坐著傾聽，在街道的灰塵裡傾聽自己的心，如何疲憊而哀傷地等待一個聲音。他蹲了好幾個小時，傾聽著，再也沒看到任何圖像，沉入虛空，讓自己沉浸其中，看不到任何道路。每當他感覺到傷口燒灼著，他就無聲地說「唵」，讓自己充滿「唵」。林園裡的僧人看見他，而因為他已經蹲在那兒好幾個鐘頭，灰白的頭髮上已堆積了灰塵，有個僧人於是過來，在他前面放下兩根芭蕉。老者沒看到這僧人。

從這陣出神中把他喚醒的是一隻手，輕碰他的肩膀。他立刻認得這輕觸，這溫和而羞怯的觸摸，於是回過神來。他站起身，問候瓦蘇德瓦，瓦蘇德瓦一路隨他前來。當他看著瓦蘇德瓦和善的臉，在那細小而有如完全被微笑填滿的皺紋裡，看進他爽朗的雙眼，悉達塔於是也微笑了。他這時才看到面前的芭蕉，就拿起來分一根給船夫，自己吃掉另一根。然後他沉默地和瓦蘇德瓦一起走回樹林，回到渡口邊的家。他們沒有談論今天所發生的事，沒有一個人提到男孩的名字，沒人提起他的脫逃，沒人提起那道傷口。在茅屋裡，悉達塔躺到自己的床上。過了一會兒瓦蘇德瓦走近，要遞給他一碗椰子奶的時候，發現他已經睡了。

唵

傷口持續燒灼了很久。悉達塔必須渡一些帶著兒子或女兒的旅人過河，他每每看著他們就感到忌妒，沒有一個不讓他想到：「這麼多人，無數的人擁有這最溫柔的幸福——為什麼我沒有？就連惡人，就連扒手和強盜都有孩子，愛他們的孩子，被孩子們所愛，唯獨我沒有。」他現在的想法是那麼簡單，毫無體諒，他變得和童稚之人如此相似。

他如今對這些人的看法異於從前，比較沒那麼自恃聰明，沒那麼驕傲，卻是溫暖些、好奇些，比較融入。商人、戰士、女子等尋常人，當他渡這些童稚之人過河的時候，他們對他而言再不像從前那樣陌生：他理解他們，他瞭解他們，想法及看法也接近，都只是受慾望及願望引導而生活，他覺得自己就像他們。雖然他接近圓滿之境，只帶著最後一道傷口，他還是覺得這些童稚之人就像他的手足，他們的虛榮心、企圖心和可笑之處對他已經不再可笑，而是變得可以理解，值得珍愛，甚至值得他尊敬。母親對孩子盲目的愛，自負的父親對他唯一的小兒子盲目的驕傲，年輕而虛榮的女子盲目而狂熱地追求首飾和男性的驚喜注視，所有這些孩子把戲，這些簡單、愚痴但是無比強烈的把戲，強韌地活著，強力實踐的慾念和企圖心，如今對悉達塔再也不是兒戲，他因為這些舉動而看到人們活著，看到人們因為這些因素而有無盡的成就，到處旅行，發動戰爭，無盡地受苦，無邊地忍受，而他能因此愛這些人，他看到生活，看到無可摧毀的活力，在他們任何一絲熱情、任何作為當中看到梵。這些人值得珍惜、驚訝的地方是他們盲目的忠誠，盲目的堅強和韌性。他們什麼都不缺，覺者和思想家只有一個地方勝過他們，一個微小而無足輕重的地方：意識，對所有生命一體的意識。而悉達塔有時甚至懷疑，這些知識，這些想法被如此推崇，或許也只不過是思想家的兒戲，智者可能只是個會思考的童稚之人。在其他各方面，世俗人和智者並無二致，在他看來可能更勝於智者，就連動物都會在某些時刻毫不遲疑地做該做的事，可能就比人類更優秀。

這個領悟在悉達塔內心慢慢開花，慢慢成熟，亦即知道究竟什麼是智慧，他長久追尋的目標是什麼。那只是心靈的意願，一種能力，一種神祕的技巧，在生命當中的每一刻，有著「一體」這個想法，感覺這個整體，能將它吸入。慢慢地這個想法在他心中綻放，又從瓦蘇德瓦的老童顏映照出來：和諧，知曉世間恆常圓滿，微笑，一體。

然而那道傷口仍然燒灼著，悉達塔渴望而沉痛地想念兒子，將他的愛和溫柔藏在心裡，讓痛苦啃噬他，做盡一切愛的愚行。這火焰是無法自行熄滅的。

有一天，這傷口猛烈燃燒，悉達塔渡過河去，被渴望所驅使，下了船想往城裡去，找尋他的兒子。河水緩緩流著低語著，這時正當乾季，然而河水的聲音聽來奇特：它在笑！它清楚地在笑。河水笑著，明亮而清楚地嘲笑著老船夫。悉達塔停住腳步，彎身俯向河水，好聽得更清楚些，在和緩流動的河水看到自己的臉倒映著，而這張倒映的臉上有些什麼，提醒他已經遺忘的事，然後他思索了一下，想起來了：這張臉就像另一張臉，他曾識得、曾愛過也懼怕過的一張臉，那就像他父親的臉，婆羅門的臉。而他憶起在很久以前，有個年輕人強迫父親讓自己加入懺悔僧的行列，他如何向父親道別，他如何遠去而不再復返。他的父親不也承受過同樣的苦，就像他現在為兒子所受的苦？他的父親不是早已去世，獨自一人，再沒看到兒子一眼？這難道不是一齣喜鬧劇，一件奇怪而愚蠢的事，不斷重複，在一個充滿苦難的圈子裡不停地奔跑？

河水笑著，的確，正是如此，一切重新來過，凡是沒有堅忍到最後、未曾消解的事，就會一再不斷重複，讓人受同樣的苦。悉達塔於是又回到船上，搖回茅屋，想著他的父親，想著他的兒子，被河水取笑，和自己爭辯，趨向絕望，同河水一起嘲笑自己和整個世界。啊，傷口尚未開花綻放，他的心還抗拒著命運，他的苦尚未散發出光明和勝利。然而他感覺到希望，因為他終究回到茅屋了，他感到一陣難以壓抑的渴望，想在瓦蘇德瓦面前坦白一切，向他呈現一切，對瓦蘇德瓦，傾聽的大師，說出一切。

瓦蘇德瓦坐在茅屋裡，編著一個籃子，他已經不再擺渡，他的眼睛開始退化，而不只他的眼睛，還有他的臂膀和雙手也衰弱了。不變的、綻放的唯有他的愉悅，和他臉上的開朗善意。

悉達塔坐到老人身邊，開始緩緩地述說，那些他們從未談過的，他現在告訴老船夫，他如何去到城裡，當時被那灼熱的傷口驅使，因為看到幸福的父親而生的忌妒，他對這種期望之愚痴的領悟，對這些愚行的無謂抵抗。他述說一切，他能說出一切的事情，就連最難以啟齒的所有一切都說出來，表現出來，他能說出一切，揭開自己的傷口，敘述今日的逃跑，他怎麼渡過河去，孩子氣地逃跑，想走到城裡去，如何被河水嘲笑。

他一面說著，說了很久，而瓦蘇德瓦則一臉平靜傾聽著，悉達塔感覺瓦蘇德瓦的傾聽比當初更專注，察覺自己的痛苦、憂慮如何傳到瓦蘇德瓦那邊，他隱密的願望如何流過去，又從瓦蘇德瓦傳回來。對這個傾聽者暴露自己的傷口，無異於以河水洗淨傷口，直到傷口冷卻下來，和河水合而為一。他還繼續述說著，告白、告解得越來越多，悉達塔就越來越覺得不只是瓦蘇德瓦，不只一個人聽他述說，這個不動的傾聽者吸納他的告解，就像樹木吸收雨水，有如他是神本身，是永恆本身。而當悉達塔停下來，不再想著自己和自己的傷口，他認識到瓦蘇德瓦不同以往的本質，而他感受越多，越是深究，這一切就顯得沒那麼神奇，他就越看清一切是完全稀鬆平常而且理所當然，瓦蘇德瓦本來就是、幾乎一直都是這樣，只是悉達塔並未完全認識到，他自己和瓦蘇德瓦幾乎沒有分別。他察覺到，如今他對老瓦蘇德瓦的看法就像人看著神，而這一切畢竟有個盡頭；他心裡開始和瓦蘇德瓦道別，一邊還繼續述說著。

悉達塔說完的時候，瓦蘇德瓦友善而有些衰弱的眼神看著他，沒有隻字片語，只是將他沉默的愛及愉悅、理解和諒解投射到悉達塔身上。瓦蘇德瓦握著悉達塔的手，帶他到河邊，和他一起坐下，微笑地面對河水。

「你已經聽過河水的笑聲了，」瓦蘇德瓦說：「但是你還沒完全聽清楚。讓我們聽著吧，你會聽到更多。」

他們聆聽著，河水的重唱輕響。悉達塔看進水裡，在流動的河水裡看到圖像：他的父親浮現，孤單地因兒子而悲傷；他自己出現了，孤單一人，也受到對遠方兒子的渴望所羈絆；然後出現他的兒子，這個男孩也是孤單一人，貪婪地衝上青春欲望的滾燙道路，每個欲望都朝向目標，每個期望都被目標所捆綁，每個希望都是苦。河水以哀痛的聲音吟唱，唱出渴望，渴望地流向目標，河水的聲音傳出哀怨。

「你聽到了嗎？」瓦蘇德瓦沉默的目光詢問著，悉達塔點頭。

「再聽仔細一些！」瓦蘇德瓦低語著。

悉達塔努力傾聽，父親的圖像，自己的圖像，兒子的圖像交織在一起，卡瑪拉的圖像也浮現而後流散，還有葛溫達的圖像，以及其他的圖像，全部都交錯成一片，一切又回歸成河水，成為一條河流向目標，渴望的，需索的，痛苦的，而河水的聲音充滿渴望，充滿灼熱的疼痛，充滿無可止息的欲望。河水急急奔向目的地，悉達塔看著河水匆促流去，他和一切造物、人類組成的河流，他曾看過的那條河，所有的水波及河水都受著苦，急忙地奔向目標，許多目標，瀑布、湖泊，湍流、海洋，而所有的目標都會到達，一個又一個新的目標，而從水裡蒸發的氣體升向天空，變成雨水又從天空落下，變成水泉，成溪，成大河，奔上新的道路，重新流動。然而這渴望的聲音改變了。依舊發出聲音，充滿痛苦，需索著，只是卻加入其他聲音，愉悅和受苦的聲音，美好和醜惡的聲音，笑聲和哀號，幾百種聲音，幾千種聲音。

悉達塔傾聽著，他現在只是傾聽，完全陷入傾聽之中，放空自己，完全吸收，他感覺到已把傾聽學到了盡頭。他早已經常聽到這一切，河水裡的這許多聲音，然而今天聽起來有全新的感受。他早已無法區別這許多聲音，無法區分快樂還是哭泣的聲音，無法分辨孩子或大人的聲音，一切都彼此相屬，飢渴地控訴和嘲笑覺者，死者的憤怒尖叫和呻吟，一切合一，一切都彼此交織相連，千百次糾纏。而所有的，所有聲音，所有目標，所有渴望，所有痛苦，所有快樂，所有的善與惡，這全部一體就是這世間。一切合在一起就成為諸事之河，是首生命樂章。而當悉達塔專注傾聽這河，傾聽這千百部合唱的曲子，當他不再只聽其中的苦或笑，當他的心靈不再專注於任何一個聲音，不再以他的自我進入其中，而是聽聞一切，聽見整體合奏，聽聞一體，於是千百個聲音交織成的偉大曲子，就只由唯一的一個字所構成：「唵」，圓滿。

「你聽到了嗎？」瓦蘇德瓦的眼光又問著。

瓦蘇德瓦的微笑燦爛地發光，老朽面容的每一條皺紋都浮現光明，就像河水千百個聲音都迴盪著「唵」。他的微笑發出光芒，當他看著朋友，這時悉達塔臉上也亮起同樣的微笑。悉達塔的傷口開花了，他的傷悲發出光芒，他的自我已經融入一體。

在這一刻，悉達塔停止對抗命運，停止受苦。他的臉上綻放出領悟後的明朗，再也沒有意志與之對立，認識到圓滿，認同諸事之河，認同生命巨流，充滿悲憫，充滿同喜，同流沉浮，融入一體之中。

瓦蘇德瓦從岸邊起身，看著悉達塔的眼睛，看到其中散發出覺悟的快樂，就用手輕觸他的肩膀，以他細心而溫和的方式，然後說：

「我一直等待這個時刻到來，親愛的朋友。現在這個時刻已經到了，請容我離去。我等這個時刻很久了，長久以來我都是船夫瓦蘇德瓦，如今已經足夠了。保重了，茅屋，保重了，大河，保重，悉達塔！」

悉達塔向著道別的船夫深深行禮。

「我早已知道了。」悉達塔輕聲說：「你要到樹林裡去？」

「我要到樹林裡，我要走入一體之中。」瓦蘇德瓦燦爛地說。

他燦然地離開；悉達塔看著他的背影，帶著深深的喜悅，無比肅然地看著他的背影，看著他充滿平和的步伐，看著他滿頭光彩，看著他的身形遍布光芒。

葛溫達

葛溫達和其他僧侶一度在卡瑪拉送給戈塔瑪弟子的林園裡休息，他聽說一名老船夫的事，這名老船夫就住在一天路程之遙的河邊，被許多人看作智者。當葛溫達繼續上路，他就選擇經過渡口的那條路，希望看到這名船夫。因為不管他是否終生遵行佛法而活，是否因為他的年齡以及謙卑也受到年輕僧侶的尊敬，他心裡的不安和追尋畢竟未曾熄滅。

他來到河邊，請求老者渡他過河，當他到了對岸踏出船時，他對老人說：「你對我們僧人和朝聖者多做善行，你已經渡我們許多人過河。船夫，你不也是追尋正道的人嗎？」

一雙老眼微笑著，悉達塔說：「你自稱是個追尋者，可敬的人啊，你畢竟也年事甚高，依舊穿著戈塔瑪的僧袍嗎？」

「我的確是老了，」葛溫達說：「但是我並未停止追尋。我不會停止追尋，這似乎是我的使命。你也是，就我看來，你也曾有所追尋。可敬的人，你可願告訴我隻字片語？」

悉達塔說：「我該對你說什麼呢，可敬的人？也許該說你過度追尋了嗎？或說你不會因追尋而有所發現？」

「怎麼說呢？」葛溫達疑問。

「尋求之人，」悉達塔說：「很容易眼中只見追尋之物，卻不能察覺自己無能接納任何東西，因為他只想著所追尋的，因為他有個目標，受目標所制。有求即有所標的。發現卻是自由、敞開心胸地站著，沒有任何標的。你啊，可敬之人，也許的確是尋求之人，卻因為追隨目標而忽略其他一些近在眼前的東西。」

「我仍然不是十分明白，」葛溫達又請教：「你所指為何？」

悉達塔說：「曾經，可敬的人啊，在許多年前，你就曾經來到這河邊，在河邊看見一個人在睡覺，你坐在這人身邊，好守護他安穩睡覺。但是葛溫達啊，你並沒有認出正在睡覺的那個人。」

驚訝得像被施了魔法，僧人望著船夫的眼睛。

「你是悉達塔？」葛溫達以他羞怯的聲音問道：「我這次依然沒有認出你來！我衷心問候你，悉達塔，我實在高興再見到你！你變了很多，朋友──那麼如今你成了個船夫嗎？」

悉達塔友善地笑了：「船夫，是啊。葛溫達，有些人必須經歷許多變化，穿著各式各樣的袍子，我是他們其中之一，親愛的朋友。歡迎你，葛溫達，今晚就住在我的茅屋裡吧。」

葛溫達當晚就留宿在茅屋裡，睡在瓦蘇德瓦從前的床鋪上。他有許多問題要問他青年時代的朋友，悉達塔也告訴他自己生活上的許多事。

第二天清晨，每日出行托缽的時間到了，葛溫達不無遲疑地說：「在我上路之前，悉達塔，請容我再問一個問題。你找到法門了嗎？你找到一個信仰，或是有所覺悟？你所追隨的，能幫助你生活和行事正確嗎？」

悉達塔說：「你知道，親愛的朋友，我還是個年輕人的時候，當時我們和懺悔清修的沙門住在森林裡，就已經開始質疑法門和上師，因此離開了他們。我依然如是。然而我從那時起獲得許多老師教導。有個美麗的名妓長時間擔任我的老師，還有個富有的商人也是我的老師，還有幾個玩骰子的賭徒。有一次一個步行的佛陀弟子曾是我的老師，在我睡在樹林裡的時候，在他朝聖的路上，他曾坐在我身邊，我從他那裡也學到一些事，也很感謝他。然而我從這條河學到最多，還有我的前任船夫瓦蘇德瓦。他是個非常簡單的人，瓦蘇德瓦，他不是思想家，但是他知道絕對必要的，就像戈塔瑪知道的一樣多，他是個大圓滿者，是個聖人。」

葛溫達說：「悉達塔啊，在我看來，你還是喜歡帶著一絲嘲諷說話。我相信你，而且我知道你並未跟隨任何上師。但是即使沒有任何法門，你難道沒有為自己找到一些想法，有些心得？那是你自己的想法，並且幫助你生活？如果你願意告訴我其中一些，會讓我十分歡喜的。」

悉達塔說：「我是有些想法，也不時領悟到一些事情。我經常，一個鐘頭或一整天，有所覺知，就像人心裡感覺到生命。有些想法，卻不容易由我來告訴你。你瞧，我的葛溫達，這是我發現的想法之一：智慧是不可言傳的，智者試著傳達的智慧聽起來總像傻話。」

「你開玩笑吧？」葛溫達問對方。

「我沒開玩笑，我告訴你我所發現的。知識可以傳達，智慧卻沒辦法。人能找到智慧，能體現智慧，能被智慧引導，能以智慧創造奇蹟，但是卻無法言傳。這是我還在少年時期就已經常想到的，也因此讓我離開那些上師。我有個想法，葛溫達，你一定又會以為是個玩笑話或是蠢事，卻是我最好的想法。這個想法就是：每個實相的相對面也同樣真實！也就是說：真相如果是單面的，永遠只能被說出來，以文字來包裹。凡是由思想而來，用言語傳達的，都是單面的，都只有一半，都缺乏整體、圓滿，沒有一體性。偉大的戈塔瑪要以言語教誨世間事，那麼他就不得不將世界分成輪迴和涅槃，假象及實相，痛苦和解脫。沒有其他方法，想教導別人的人只有這個方法。然而這世間本身，我們周遭以及內在一切存在物卻從未是單面的。一個人或一種行為，從未是只有輪迴或只有涅槃，沒有一個人是完全神聖或是完全罪惡的。因為我們服膺於假象，於是時間像是真實的。時間不是真實的，葛溫達，這是我時常不斷經歷到的。而如果時間不是真實的，那麼世間與永恆之間的對立，苦與樂，邪與善之間似乎存在的對立也只是假象。」

「怎麼會呢？」葛溫達憂心地疑問。

「好好聽著，親愛的朋友，好好聽著！罪人是罪人，是我也是你，然而將來他又會成為梵天[27]，他會進入涅槃成佛——那麼你看：這個『將來』就是個假象，只是個譬喻！罪人並未走在成佛之路，他並不會有所開展，雖然我們的思想不識其他想像。不，罪人的內在，罪人的現在、今日就是未來佛，他的未來已在當下，你當禮讚罪人內在，在你之中，在每個轉變者內在，在可能的人內在隱含的佛陀。葛溫達我的朋友，這世間沒有不完美，或是即將趨於圓滿：不，世界在每一刻都是圓滿的，所有的罪人都已含藏恩典，所有的孩子內在都有個老人，所有的嬰兒都面臨死亡，所有死者都有永生。沒有一個人可能看著其他人而知道自己的道路還有多遠，強盜和賭徒內在都有個佛陀等著，所有婆羅門內在都有個強盜。在深刻的冥想當中可能脫離時間，一切現前，可以看到此生及來生，而一切都是好的，一切都是圓滿，皆是梵。因此在我看來，現前的是好的，死亡或是活著，罪人或聖人，聰明或愚笨，一切都必須是如此，一切只需要我的認可，我的意願，我的同情諒解，那就是對我好的，只會支持我而不會傷害我。我從我的身體和心靈經驗到，我非常需要罪，需要肉慾，追求財富，需要虛榮和最受輕視的絕望，好學會放棄抗爭，好學著愛這個世界，不再將它和我所期望的、所想像的任何一個世界相比較，不再和我所構想出來的圓滿形式一較高下，而是讓這世界就是這個樣子，愛這樣的世界，樂於成為其中一部分。——這，葛溫達啊，只是我的一些想法。」

悉達塔彎身，從地上撿起一顆石頭，掂在手上。

「這個，」他把玩著說：「是顆石頭，時候到了也許變成土，從土長成植物，或是生成動物或人類。以前遇到這種時候我會說：『石頭只是石頭，是沒價值的東西，屬於摩耶幻境；然而因為也許在轉變的輪迴當中，這石頭也可能變成人和精靈，我因此賦予它形象。』我以前或許會這麼想。但是如今我會這麼想：這個石頭是石頭，它也是動物，也是神，也是佛陀，我崇敬它、愛它，並不因為它可能將會變成這個或是那個，而是因為它早已是也永遠會是這些動物、神、佛，只是今日示現成一顆石頭，因此我愛它，從它每條紋路和孔洞，從石頭上的黃色、灰色，它的硬度，敲它的時候會發出的聲響，從乾燥或溼潤表面看到它的價值和意義。有些石頭摸起來油油的或是像肥皂，其他的像樹葉，又有些像沙子，每顆石頭都是特殊的，以各自的方式念誦著『唵』，每顆石頭都是梵，然而同時也更因為這是顆石頭，是油油的或是像肥皂，而這正是讓我喜歡的地方，讓我覺得神奇而值得崇敬之處。但是不要讓我再多說了，言語並無益於密傳的真義，一切都會因言語而立即有些不同，如果把它以言語傳達，都會有一絲造假，有些愚蠢——是啊，這也是非常好，我非常喜歡的，我也很能諒解，某個人當作寶藏和智慧的，他人聽起來可能只是愚昧。」

葛溫達沉默地傾聽著。

「你為何要對我說起這顆石頭？」過了一會兒他猶豫地問。

「沒什麼深意。或者也可以說，我就是喜愛這顆石頭，這條河還有一切我們所看到的，可以學習的東西。我可以愛一顆石頭，葛溫達，我也可以愛一棵樹或是一片樹皮。這些都是物體，實物是可以被愛的。我卻無法愛上語言。因此『法』對我沒有意義，法沒有硬度，沒有柔軟度，沒有顏色，沒有稜角，沒有氣味，沒有味道，只有文字。也許正因如此阻礙你尋得平和，也許就是因為這許多文字。因為解脫和美德、輪迴和涅槃只是字句，葛溫達。沒有任何東西會是涅槃，只有涅槃這個語詞而已。」

葛溫達說：「涅槃不僅是個語詞，我的朋友，那是一個念頭。」

悉達塔繼續說：「一個念頭，也許吧。我必須對你坦白，親愛的朋友：我並不那麼將念頭和語言分別開來。坦白說，我也不看重念頭。我比較重視實物，好比在這艘渡船上面，曾有個人是之前的船夫，也是我的老師，一位神聖的人，他許多年來只是相信這條河，除此無它。他注意到這條河的聲音對他說話，於是他向這條河的聲音學習，這個聲音調教、指導他，這條河在他眼裡就是神，許多年來他都不知道，任何一陣風，任何一朵雲，任何一隻鳥，任何一隻金龜都可能像這條受他尊敬的河流，一樣那麼具有神性，知道一樣多並且也能教導他。然而當這位聖人走進樹林，他知曉一切，知道比你、我都更多的事情，沒有上師，沒有書本，只因為他相信這條河。」

葛溫達說：「但你所謂的『實物』，是某些真正的，某些具有本質的東西？這難道不是摩耶的幻術，只是圖像和表象嗎？你的石頭，你的樹木，你的河流——這些是真實的嗎？」

悉達塔說：「這我已經不在乎了。實物或許是表象或許不是，我也可能因此只是表象，一切都一直如同我自己沒有分別。這也是物讓我喜愛和崇敬之處：它們和我一樣。因此我能愛它們。這只是一種你會嘲笑的法門：愛，葛溫達，對我而言卻是最重要的。要看穿這個世界，解釋這個世界，輕視這個世界，這一切或許是大思想家要做的事。然而我唯一看重的是能愛這個世界，不去輕視它，不要怨恨這個世界和我自己，能以愛、讚嘆及敬畏來看待這個世界和我以及天生萬物。」

「這我瞭解，」葛溫達說：「但這正是被世尊視為虛幻之物。他要求善意、諒解、同情、忍耐，卻不要求愛，他禁止我們在愛之中把心執縛於世間。」

「我知道，」悉達塔說；他的微笑綻放出金光。「我知道的，葛溫達。而你看，我們此刻又陷入識見的叢林之中，爭執字句。因為我不能否認，我對愛的言語表達表面上和戈塔瑪的話相左。這也是我為何這般不信賴語言，因為我知道，這個矛盾是種假象。我知道我和戈塔瑪的想法是一樣的。他怎麼可能不懂得愛。他，體認到人存在的短暫和空無，然而依然這樣愛人，使得他將漫長而艱苦的一生只用來幫助別人，教導別人！我對他的愛也是如此，這偉大的老師，我愛他的實質面更勝過他所說的話，他的作為和一生比他說過的話更重要，他的手勢更勝於他的想法。我不是從他的言論，不是從他的思想看出他的偉大，而是他的作為，他的一生。」

兩個老人沉默良久，然後葛溫達一邊彎身道別，一邊說：「悉達塔，我感謝你告訴我你的想法。這些想法有一部分頗為奇特，我不能立刻瞭解，這部分可能只得放下。我感謝你，也祝你平靜度日。」

（葛溫達卻暗想：這個悉達塔是個奇妙的人，他說出一些奇妙的想法，他的說法聽起來有些愚昧。世尊精湛的佛法聽起來不一樣，比較清楚，比較純粹，比較容易瞭解，沒什麼奇特、愚昧或是可笑之處。但是不同於悉達塔的想法，悉達塔的手、腳、眼睛，他的額頭、呼吸，他的微笑、問候，他走路的樣子另有其趣。自從世尊戈塔瑪進入涅槃之後，我再也沒遇到任何人讓我覺得：這是位聖人！唯有他，這個悉達塔，讓我有這種感覺。他的說法聽起來或許奇怪，他的話聽起來或者愚昧，但是他的眼神和他的手，他的皮膚和頭髮，他的一切都散發出純淨，散發出平靜，散發出清朗、溫和以及神聖的氣氛，這是我們無上導師最後一次死亡以來，我第一次在其他人身上看到。）

葛溫達這麼想著，而他的內心開始爭執不休，他再次向悉達塔行禮，受到愛的牽引，他深深地朝著安靜坐著的悉達塔鞠躬。

「悉達塔，」他說：「我們都已經老了。我們很難再以這般形貌見到對方。我發覺，親愛的朋友，你已經找到平靜，我承認我還沒有找到。請告訴我，可敬的朋友，再告訴我一個字，給我一些我能掌握，我能理解的東西！給我一些什麼讓我帶上路，我的道路經常崎嶇難行，經常是晦暗的，悉達塔。」

悉達塔沉默不語，還是同樣以沉靜的微笑看著他。他定定地看著葛溫達的臉，葛溫達的臉上帶著憂慮，帶著渴望；他的眼中寫著痛苦和永恆的追尋，永恆的迷失。

悉達塔看著一切，微笑著。

「彎身過來！」他輕輕地對著葛溫達耳朵說：「彎身過來！就是這樣，再近一點！更近一點！親吻我的額頭，葛溫達！」

葛溫達雖然感到驚訝，然而依然受到極大的愛和預感所吸引，聽從悉達塔的話，彎身靠近他，用自己的嘴脣貼上悉達塔的額頭，不可思議之事於是發生在他身上。當他的念頭還圍繞著悉達塔奇妙的話打轉，依然徒勞地、抗拒著不以時間來思考，試著將涅槃和輪迴想像成一體，甚至還對朋友的話有些輕視，在他內心和無比的愛和尊敬交戰之時，發生了——

他再也看不到朋友悉達塔的臉，而是其他許多張臉，許許多多，一長串，一條由臉串成奔流的河，幾百張，幾千張臉，所有的臉都浮現又消逝，然而似乎又同時出現，每張臉都持續變動、更新，然而每一張又都是悉達塔的臉。他看到一張魚的臉，鯉魚的臉，牠有著無數痛苦張開的嘴，這是一隻垂死的魚，眼睛爆裂——他看到一張新生兒的臉，紅通通又滿是皺紋，哭泣扭曲著——他看到殺人犯的臉，看著他把刀刺進某個人的身體——在同一刻，他看到犯人被綁著跪下，而他的頭遭劊子手用刀砍下——他看到男男女女的身體赤裸著，在狂亂的情慾之中交錯糾纏——他看到屍體橫陳，靜止、冰冷、空洞——他看到動物的頭，公豬、鱷魚、大象、公牛和禽鳥的頭——他看到諸神，看到黑天[28]及火神阿耆尼[29]——他看到這些形體和容顏彼此有著千百種連結，每張臉都被其他面容托起，它們愛著、憎恨著、毀滅著，重生，每個都求死，每個都激情痛苦地顯現無常，然而卻又沒有一個死去，只是幻化，不斷重生，不斷呈現新的面貌，而在不同的面貌之間毫無時間的區隔——所有的形象和面容停頓、流動，重新生成，湧出而互相交流，而在這一切之上，一直有層薄薄的，沒有本質然而存在著的東西，就像一層薄玻璃還是一層冰覆蓋著，有如透明的皮膚，一層殼還是一個輪廓或是水做的面具，而這張面具微笑著，這面具是悉達塔微笑的臉，就是葛溫達在此瞬間用嘴唇輕觸的那張臉。葛溫達看到，面具上的微笑，湧動形體合一的微笑，無數同時的誕生與死亡融合而成的微笑，悉達塔的微笑就正如那沉靜、細緻，無法參透，也許善意，或者嘲弄，智慧，正是戈塔瑪的，是佛陀的千百種微笑，正如他已敬畏瞻仰過無數次的微笑。葛溫達知道的，大圓滿者的微笑正是如此。

再也不知時間是否存在，這一幕只是一秒或是千百年，再也不知那是悉達塔或戈塔瑪，或是我還是你是否存在，葛溫達內心最深處猶如受到神箭所傷，傷口卻感覺甜蜜，在最深處感到陶醉而豁然開朗，葛溫達又站著好一會兒，依舊俯身朝向悉達塔沉靜的臉龐，他剛親吻過的那張臉，適才滿載無數形體、無常及存有的舞台。這面容重新封上千百變的深淵之後，悉達塔的表情並未改變，他依舊沉靜地微笑著，輕輕地、溫和地微笑著，也許是非常善良的，或者非常嘲弄的，正如世尊微笑的樣子。

葛溫達深深行禮，莫名落下的眼淚滑過他蒼老的面容，就像一把火燃燒著最真摯的愛，燃燒著內心謙卑的崇敬。他深深地一揖到地，對著不動靜坐的那人，他的微笑讓葛溫達憶起一切，他在一生中曾愛過的，一生中曾珍視而神聖的一切。

27 梵天（Brahma），印度教當中的創造或智慧之神，創造宇宙及人類的祖先。

28 黑天（Krischna），毗濕奴的化身之一，外型為年輕男子，有藍色的皮膚，身穿黃色絲綢，頭戴孔雀羽毛冠，吹著長笛。

29 阿耆尼（Agni），梵文即是「火焰」的意思。在神祇與凡人溝通的場合（宗教祭典）中，火神阿耆尼是最重要的傳訊中介者。外型常被描述為二顆頭、三條腿、二隻（或七隻）手、七個火熱的舌頭舔著獻祭的酥油，騎著一隻公羊或火熱的馬戰車。

附錄

赫塞的道路

史蒂芬・褚威格

每個巔峰都會回歸成原點：知名而受到眾人喜愛的藝術家也相去不遠，也許比默默無名的藝術家更容易被鎖在一種匿名狀態裡——在層層障蔽下生活，在世界依這藝術家的特質所創造的滑溜、精巧辭彙之中石化，而藝術家最深刻的轉變及轉化卻在這層外殼之下，既神祕又不受他人注目地進行著。隨著最初成功的早期跡象，普羅大眾依舊只注視著詩人投射在世間的影子，長久以來卻未注意到這個有血有肉的人——不論在高峰或低谷——此時已經擺脫他原本的格局。在我看來，這般視而不見的即時例證，正是對赫曼・赫塞的評價，除了對他一般的、普遍的、善意的評論，甚至深入家家戶戶的受歡迎程度之外，他的詩人本質經歷驚人重大轉變與深化卻未曾引起注意。然而我知道，在新德國文學界未曾有人的道路如他的這般奇特，起初迂迴宛轉，最後卻筆直地踏入內在的開展。

赫塞從大約二十或二十五年前開始寫作，就像個伍爾騰山邦的牧師之子：寫詩，非常柔軟而充滿渴望的詩句。他當時是個巴塞的書店學徒，身無分文且孤單一人：然而就像所有這般充滿渴望的詩人，生活越清苦，音樂與夢就越甜美。直到今天我還熟記那些詩其中幾首（當我還是個年輕人，我就已經為這些詩韻的光彩以及語調的柔和而感到迷醉），直到今日我依然覺得這些詩無比甜美，如今我還能感覺到這些詩的純真氣息，好比這首〈依莉莎白〉：

有如白雲

浮游天際，

潔白、美麗而遙遠

如妳，依莉莎白。

雲朵遠颺，

妳幾乎不曾掛懷，

然而白雲穿過妳的夢

走入幽暗的夜晚。

遠颺而閃耀著銀光，

不斷遠去

白雲之後

妳有著甜蜜的鄉愁。

這首詩並未推陳出新，不像年輕的霍夫曼斯塔（Hugo von Hofmansthal）或是里爾克（Rainer Maria Rilke），將詩的語言張起、湧動地填滿——那是古老德國的浪漫森林，艾亨多夫（Joseph Freiherr von Eichendorff）的號角響起，莫里克（Eduard Friedrich Mörike）的溫柔蘆笛迴盪在草原上。但是就在這些渴望的語調裡有其奇特的精純，當時就已經讓一些人側耳傾聽。這期間，赫塞的激情已經逃離書店，遊走在街上直至深入義大利，不時寫個一、兩本書，沒有人注意到他。不期然地，《新評論》（Neue Rundschau）和費雪出版社（S. Fischer）才剛出版他的第一部小說《鄉愁》，他忽然名聞遐邇。從前赫塞詩作中令我們這少數年輕人感動的音色，如今滾動著感染許多人：這種渴望之純粹，受到高特佛列德．凱勒（Gottfried Keller）薰陶的散文——想解釋這般成功的廣泛效應就無法避開這些因素——情緒上一定的德國性，感受中的溫和力量，所有熱情的謹慎壓抑，那種日耳曼感覺，正如漢斯．托馬（Hans Thoma）的畫所傳達出來的，好比那幅描繪少年拿著小提琴坐在月光下，那種純粹感受到的、溫柔的，出自真實日耳曼渴望所作的畫，讓人年輕時感到非常愉悅，卻在往後無論怎麼看都感覺有些困窘。赫塞接下來的小說，《車輪下》、《羅斯哈德之屋》（Roßhalde）以及幾部短篇小說都保有這種溫柔純淨，使赫塞非常受到歡迎：我們大可以稱之為德國中產階級敘述藝術的典型。

如今，可能有人以為遊子已經滿足了他的渴望，從前窮苦的書店助手如今坐在波登湖畔自己的房子裡，妻子和兩個活潑的孩子陪在身邊，有個花園，有艘小船，著作等身，而且享盡文學與世間美譽，他大可以恬靜舒適地過日子。但是奇怪：他越被外界填滿，他就越失去平靜，這個怪人的內心就越鼓脹、搖動、翻攪。漸漸地，曾經那樣蒼白、德式感性的渴望，轉變成一種深刻的、普遍的人性騷動，整個心神有某種煩躁追尋的激動。最初從一些小徵兆感覺到這個人未曾停留在他自己內心以及成就裡，察覺他一直想要某些基本的東西，他——借用歌德對真正的詩人的評語——是那些經歷多次青春期的人其中之一，永遠重新開始青少年時代。這將他從堅固的房子拉上旅途，牽引到印度，然後他突然開始變成畫家，作哲學思考，甚至自己進行某種苦修——那些躁動，想從一個詩意、情緒性的靈魂轉變的意志，最終變成靈魂的狀態，成為整個人的痛苦激情。

這樣的轉變當然不是隨即清晰可見。過渡時期那幾年裡的美麗短篇小說集當然是最純粹的敘述散文，《克努普》（Knulp. Drei Geschichten aus dem Leben Knulps, 1915），浪漫世界孤獨的遲來者，在我看來已是德國不朽的作品，是一幅史皮茲威格（Carl Spitzweg）浪漫風格的畫作，同時充盈著純淨的音樂，有如一首民謠。然而就我個人的感覺來說，在赫曼．赫塞那些理所當然非常、非常受歡迎的小說裡總是有種退縮的謹慎，某些敏感的顧慮，在灼熱燃燒的問題上方閃閃發光，好似——我只能這樣表達——用音韻使問題遠離，以詩意加以覆蓋。正如大部分其他偉大的德語作家，他並未造假，不曾刻意呈現虛偽心理——不管是史提夫特（Adalbert Stifter）、史托姆（Theodor Storm）或是其他浪漫派作家從來都不會這麼做：他們只是未曾道出完整的現實，只是迴避現實顯得感官性而因此不太詩意的地方。這般怯懦的（可以尊敬些說：這些羞怯的）轉頭迴避，在史提夫特或是史托姆最好的小說裡，或是在赫塞那些年的大部分作品當中，這種知曉卻不想直視只是減少了但依然存在，因為他們缺乏決絕的意志而未將現實連同自身背負起來，反而在最後一刻將作品披上浪漫的面紗。在赫塞本人身上已經看到成長的男子，在作品裡卻依舊看到漸遠的青少年，只敢用浪漫、詩意的眼光看著這世間。

接著戰爭爆發——雖然不想事後讚揚戰爭——整個時代氣氛的高壓卻逼出許多人的決心，也推動了赫塞內心的突破。當時他的一生崩解：早已失去明亮的屋舍，婚姻結束，孩子遠離；獨自在一個傾頹的世界裡，被推回對德國與歐洲的破碎、浪漫信仰裡，他必須重新像個籍籍無名的人，以新的原點再度開始創作。出自對本質重大移轉的盛大感受，為了將他的命運完全更新，也為了再次展開生活，他當時做了一件事，而這件事在可預見的時間裡，在德國沒有任何知名的作家敢這麼做（卻是畢生中該嘗試的）：他的新時期的第一本著作並不在本名的安穩障蔽下出版，而是完全匿名，以一個無足輕重的筆名發表（註：即愛米爾・辛克萊）。突然間，無名小卒辛克萊的小說在文學圈卻掀起波濤：這本黑暗、沉鬱得出奇的書標題《徬徨少年時》，以奇特分歧、深入靈魂黑暗面的手法描述一個年輕人的故事。初讀這本小說的時候，我就想到赫塞，卻未猜測他可能就是作者：我覺得這個辛克萊是個自成一格、初出茅廬的作者，某個讀了許多赫塞作品的年輕人，卻在心靈認知和少見的正直方面更勝赫塞。因為辛克萊的作品完全沒有那種迂迴，沒有心理學的那種曲折彎轉，相反地是個對生命奧祕更敏銳的作者，以全知的警覺鑽探而出，心靈體驗的水色，早先以柔和的粉彩顫抖著懸浮在黑暗的命運之上，此時卻讓位給感官性、溫暖的色調。而當我兩年後得知辛克萊正是赫塞的筆名之時，我最初的驚訝是種敬佩，這樣的赫塞是個嶄新的赫塞，走向自己，那個真正的、已是成年人的赫塞，再也不是那個夢想家。

今日看來，這條界限是很清楚的，而且深入赫塞的最隱蔽的根器。不僅這過去的溫和旁觀者的困境變成刁鑽而吸納黑暗的人的困境，內在風暴從這個人張口說話的嘴邊將每一絲感傷微風吹走——完全變成無法掌握的，觀看之間在瞳孔裡是另一個人的、了然的眼光。祕密越來越包圍看不見的藝術家蛻變，言語無法穿透：在畫家身上比較顯而易見，因為可以從感官察覺，好比畫家去了一趟義大利或是首次遇到某個大師，在長久的追尋之後，突然間在筆下出現光影、空氣或顏色的祕密，有如他們的藝術正值某個時期的開展。作家身上的這類轉變比較不容易碰觸到，只有神經可以感覺到這轉變。如果赫塞今時今日描繪一棵樹、一個人或是一幅景色，我根本無法解釋他的眼光、語調如今變得不一樣，說不出為何比較豐滿、充滿韻律也更清晰，無法解釋何以一切更真實、更貼近本來面貌。但是如果再讀一次那些偶成的書，好比《辛克萊筆記》（Sinclairs Notizbush）或是《漫步》（Wanderung）

這兩本附了赫塞自己水彩畫的書，然後和他年輕時的散文詩筆法比較，兩本的文字都是豐盈有力，唯有豐盈才能達到簡約；從前的躁動還在其中起伏，只是伏得更低。然而目前為止這個嶄新的赫塞所呈現最成熟的、最豐富的、最特殊的，是他的《克林梭爾最後的夏天》（Klingsors letzter Sommer），在我特意的審視下，認為這是新散文當中最重要的一本書。赫塞在此完成少見的轉變：注視變成魔法，在黑暗中創造出自身靈魂力量的顫抖磷光，照亮作用力的祕密。這成團閃耀的光芒，沒有比這涵蓋地更周遍又溫暖，生命變成是命定而具有魔性的，一種觸電的氣氛，從它們本身的力量發出墮落的光芒。畫家克林梭爾生命圖像裡的梵谷色彩被刻意轉化成散文，這最足以顯示赫曼・赫塞走過的道路——從漢斯・托馬，這黑森林理想主義、直線條的畫家詩人變成執迷的顏色魔法師，變成黑暗與光明永恆的狂熱激辯。如今他越覺得這世界難以理解、多變、充滿神祕、神奇、混亂而崩解，這知者就越穩定而清澄地處於自己內在；散文奇特的純淨，傳達這些無法言喻的狀態的手法之高超，使得赫塞如今在德國文壇佔有特殊地位，而這個文壇卻只是嘗試以混亂的形式，在尖叫與迷醉之中來描述、反思強權。

赫塞最近的作品也充滿這樣的篤定和簡約，如他的印度詩歌《流浪者之歌》。赫塞的作品直到目前都渴望地向世界提問，在本書當中他首次嘗試提出解答。他的寓言並非高傲或智慧教育性質的，而是從容呼吸的觀察：在對人的精神道路幾近樸實的描述之中，他的風格是有史以來最清晰、透明、無瑕的，而此人在沒有信仰和信仰之間越來越趨近自身。在《克林梭爾最後的夏天》的晦暗憂鬱和紫色矛盾之後，本書中的不安搖擺著變成某種急促：似乎在其中到達一個階段，讓人遠眺望進世界。但是我們感覺到：這還不是全部。因為生命的根本不在於靜，而是在於動。想要貼近生活的人，必須固執於恆常的精神漫遊，堅持內心恆常的不安，漫遊的每一步同時也是接近自己。我在德國文學圈子裡少見如赫塞這般的當代詩人。在天賦方面，赫塞原本不比他人受到更多賜福，也並未因天生的熱情而鑽進現實的魔力裡，而是逐步穿過深刻的不安而接近自己，比他年輕時期所有的友伴更深入地觸及這個真實世界，並且繼續超越自己的聲名和普遍大眾的喜愛：今日他的界限尚無法完全定位，他最終的發展性也無法論定。然而肯定的是，如今這樣向著內在，同時斷念卻又堅持轉變的所有文學作品是來自赫塞的筆下，能擁有最高道德性以及我們的愛，我們看到是一個年過四十的作家，在為他的大師成就感到驚訝之餘，還能也應該帶著有如面對初生之犢一樣的期待。

一九二三年二月六日初刊於維也納《新自由媒體》

赫塞談《流浪者之歌》[1]

我感謝您給我寫了這麼好的一封信。現在您收到的這本書，書的最後三章正表白了我的內心轉變的最終階段，請您收下它如同手足的贈與！當我讀著您的正義法官傳說[2]，我就覺得和我的《流浪者之歌》有點相似。我的聖人有個印度的外表，然而他的智慧比起佛陀更接近老子。目前老子在我們可悲的好德國很流行，但是幾乎所有的人都認為老子根本就似是而非。老子的思想並不吊詭，只是非常兩極化——兩極化，也就是多了一個面向。我經常啜飲他的智慧之泉。

致史蒂芬・褚威格，一九二二年十一月二十七日突來的降雪覆蓋了我們這兒昨日初臨的春天，幸好今天收到您的評論〈赫塞的道路〉。清晨在床上讀了這篇評論，這時方得向您道謝，也為了表達我對這篇評論的靈巧、細心和精確所感到的衷心喜悅。然而我對某些小地方有不同的看法，好比我就不認為《羅斯哈德之屋》是和《車輪下》等等同類的作品，而是個中間點，中止和思惟的點，在故事裡這個點接下來是初次的甦醒，在《徬徨少年時》接著的是第一個嶄新的作為。然而這無關緊要，我說這些只是要讓您知道，我仔細地讀了您的評論。

在我看來，我的道路大概是這樣：

我在年輕的時候，在我生長的那個宗教精神世界裡，我無法對抗雙親來發展自我，也就是無法以我自己的方式，在無損我的個體性的情況下成為一個基督徒。相反地，要成為一個詩人卻是容易的，而詩的世界長久以來都是我的樂園，我從未讓我個人精神生活完全進入這個樂園。我很早就開始研究印度，還有印度的生活方式，在印度文和漢文的圖像文字當中找到我的信仰，也就是我覺得歐洲所缺乏的東西。這個信仰在《流浪者之歌》裡依舊披著印度的外衣，這並不意味著印度對我依然是重要的，對我而言，正當印度開始變得不再重要的時候，才是我可以描述的，就像生命裡才剛和我道別而離去的事物一樣。

致史蒂芬·褚威格，一九二三年二月十日

1 這兩篇書信摘譯自《文獻》第一冊，頁 180 及頁 188，一九八六年。褚威格（Stefan Zweig, 1881-1942）從一九〇三年開始與赫塞書信往返，最初是赫塞請求褚威格寄給他法國象徵主義詩人保羅・魏崙（Paul Verlaine, 1844-1896）的詩集，這本詩集是褚威格所編纂，並且隨函附上一本詩集，其中也包括了赫塞所翻譯的一首魏崙的詩。其實赫塞此前（一九〇二）就已經注意到褚威格的詩作，並且在巴塞的教師協會朗誦褚威格的抒情詩，這是出自褚威格的第一本出版著作《銀色琴弦》（Silberne Saiten）。一年後《保羅・魏崙詩集》再版時，褚威格也將赫塞寄給自己的魏崙詩作翻譯收錄進去。主動和其他作家聯繫其實很不符合赫塞的個性，赫塞一直都寧可和音樂家、畫家而非作家來往。這樣的書信往返一直維持到褚威格去世為止，可見赫塞相當重視褚威格。

2 這裡指的是褚威格的《永恆兄弟的眼睛，傳說一則》（Die Augen des ewigen Bruders, Eine Legende）。

譯後記

柯晏邾

完成《流浪者之歌》翻譯工作的第一個感受不是成就感，不是閱讀的喜悅，而是盤旋不去的疑問：即使是個主角求道有成的故事，這般圓熟的、充滿慈悲的赫塞依然讓我感到意外，雖然不必充滿激昂的情緒，和五年後（一九二七）出版的《荒野之狼》散發的憤世嫉俗、書空咄咄，甚至可說是滿紙的怨言相較之下，《流浪者之歌》更像多年歷練而生命智慧增長之後寫出來的作品——從赫塞的書信中可以得知，有些讀者，那些從《流浪者之歌》得到啟發、以為找到人生方向的讀者，甚至因此對《荒野之狼》感到失望。[1] 而和三年前（一九一九）初版的《徬徨少年時》相比，《流浪者之歌》卻又少了那份為了追求個體性，渴望擺脫整體束縛的那種掙扎。

赫塞如何能平心靜氣地寫下這樣一個故事？文學作品雖然未必便是作者個人的生活故事，但是作者當時的心境和經歷必然反映在作品上。赫塞當時可說是命運多舛：他的妻子因為精神宿疾多次出入療養院，三個兒子託付友人代為撫養，幼子重病幾乎早夭，他自己的精神狀態也不穩定，曾經多次向榮格尋求心理方面的協助。而整個大環境又如何呢？從一次世界大戰前就開始醞釀的、敵視和平主義者的氣氛壓抑著他，直到戰後都未稍歇；[2]而他大戰時為德籍戰俘奉獻心力，即使他在瑞士生活，他還是和德國人民的命運相連，感受戰爭的殘酷、平民的無奈和痛苦，而大戰後的經濟蕭條、貨幣貶值也直接衝擊他的生活，他在德國的收入只剩下原來的十分之一，如果不是友人贊助，他必然陷入絕境——這種種內外交迫之下，《流浪者之歌》的第

一、二部之間整整隔了十八個月。他可以抱怨的，他可以控訴的！

然而在猶豫了年餘之後，赫塞決定讓他筆下的王子走入世間，經歷所謂「童稚之人」的悲歡離合，而非避世出家，尋求解脫。轉念一想，這樣的安排其實也是可以理解的：也許就是當時大環境的種種讓赫塞的自身體驗昇華，面對普遍的人間苦難，他讓悉達塔走上超越個人——群體對立的道路，在充分經驗世間甘苦之後，體認個體的救贖不在尋求絕對的個體化，而是在於完全融入群體，認識到群體對個體性的必要。至少在一九二〇年代之初赫塞的看法大致如此。

而從赫塞的書信也可以瞭解到，和《徬徨少年時》同時開始構思寫作的《流浪者之歌》並非是對立的，而是一體兩面[3]：悉達塔的成道之路不在擺脫群體，而是從群體認知個體生存的意義，而他的方式卻絕對是獨特的——

悉達塔沒有走上出生以來幾乎可說是必然的道路，他並未成為婆羅門，也未尋求個人精神的超脫而成為脫離世俗的僧侶，而是跳脫他的階級和原本的生活氛圍，以他自己的、回歸世間的方式「得道」，這是他超越群體的方式。德密安不全然是革命家，悉達塔也不必然是甘於流俗。

無論我們如何詮釋這本書，從《流浪者之歌》直到五年後的《荒野之狼》和晚年的《玻璃珠遊戲》，個體——群體間的關係無疑地都是赫塞作品的最重要主題，而這些作品都是赫塞對這個主題的反覆思惟、試驗。我們可以在《荒野之狼》裡讀到年近五十的主角哈利，在他認為已經變調的世界裡踽踽獨行，渴望找到讓自己能在那個世界裡自在生活的方式，雖然最後仍然學不好幽世界一默這堂課。又在《玻璃珠遊戲》裡讀到遊戲大師如何生於群體之中，個人特質在其中得到最大的發揮，最後仍渴望脫離這個群體，只為了讓這個群體的精神更為發揚，卻在離去之後隨即驟然逝去……不管是哪一本作品都耐人尋味。

在我們這個處處講究個體化，而個體卻不斷迷失而感到疏離，群體不時崩解到讓「個體性」顯得可笑的時代，赫塞很 in！

能夠有機會翻譯赫塞中晚年這三部最重要作品，身為譯者是很幸福的，也祈願讀者能從閱讀之中得到樂趣和啟發。

寫於二〇一三年六月，台北

1 相關資料請參考《文獻》第一冊。

2 一九二六年，《流浪者之歌》在法國出版，赫塞為羅蘭所寫的獻詞被刪去，因為羅蘭當時在法國仍然受到抵制！詳見《文獻》第一冊，頁 206。

3 請參考《文獻》第一冊，頁 184。

赫曼・赫塞年表

柯晏邾／彙整　主要資料來源／德國舒爾坎普出版社

一八七七　七月二日誕生於德國卡爾夫（Calw）。
父：約翰・赫塞（Johannes Hesse, 1847-1916），原籍俄羅斯愛沙尼亞，波羅的海地區傳教士，也是後來成立「卡爾夫出版聯盟」領導人，一八六九～七三在印度傳教。
母：瑪麗・袞德爾特（Marie Gundert, 1842-1902），當時聞名的印度學家、語言學家，也是傳教士赫曼・袞德爾特（Hermann Gundert）的長女。

一八八一～八六　與雙親定居瑞士巴塞，父親在巴塞教會學校授課，八三年取得瑞士國籍（先前為俄國國籍）。

一八八六～八九　全家返回卡爾夫定居，赫塞上小學。

一八九〇～九一　進入葛平恩（Göppingen）拉丁文學校，準備參加伍爾騰山邦（Württemberg）的國家考試，以獲得圖賓恩（Tübingen）教會神學院免費入學資格。獲得獎學金後，赫塞必須放棄原有的巴塞公民籍，他的父親於是為他申請，於九〇年成為全家唯一具有伍爾騰山邦公民籍的家族成員。

一八九一～九二　進入茅爾布龍（Maulbronn）新教修道院，七個月後中斷逃校，因為赫塞「只想當詩人」。

一八九二　四、五月進入波爾溫泉（Bad Boll）宗教療養中心療養，六月試圖自殺，之後被送進史戴登（Stetten）神經療養院直到八月。十一月進入堪史達特中學（Gymnasium von Cannstatt）。

一八九三　七月完成一年自願畢業考。

「變成社會民主黨人跑酒館。只讀我極力模仿的海涅作品。」

十月開始書商實習，三天就放棄。

一八九四～九五　在卡爾夫佩羅塔鐘工廠實習十五個月。計畫移民巴西。

一八九五～九八　在圖賓恩學習書商經營學。
九六年於維也納發表第一首詩《德國詩人之家》。
九八年十月出版第一本著作《浪漫詩歌》。

一八九九　開始寫作小說《無賴》（Schweinigel）（手稿迄今下落不明）。

散文集《午夜一點》（Eine Stunde hinter Mitternacht）於六月出版。
九月遷居巴塞，直到一九〇一年赫塞在此地擔任書商助理。

一九〇〇　開始為《瑞士匯報》（Allgemeine Schweizer Zeitung）撰寫文章與評論，這些文章比書「更有助於我在當地的聲名擴張，對我的社交生活頗多助益。」

一九〇一　三至五月首遊義大利。八月開始在古書店工作（直到〇三年春）。
出版《赫曼·勞雪的遺作與詩作》（Die Hinterlassenen Schriften und Gedichte von Hermann Lauscher）。

一九〇二　詩集於柏林出版，並題文獻給不久前去世的母親。

一九〇三　辭去古書店的工作。
將《鄉愁》（Camenzind）手稿寄給柏林的費雪出版社（Fischer Verlag）。
五月和攝影師瑪麗亞·貝努麗（Maria Bernoulli）訂婚，之後一同前往義大利。
十月開始在卡爾夫寫作《車輪下》（Unterm Rad）等（直到〇四年）。

一九〇四　費雪出版社正式出版《鄉愁》。
結婚，六月遷居波登湖畔（Bodensee）的該恩村（Gaienhofen）一個閒置農舍。

成為自由作家，為許多報章雜誌撰稿（包括《慕尼黑日報》、《萊茵日報》、《天真至極》（Simplicissimus）等等）。

出版研究傳記《薄伽丘》（Boccaccio）與《法藍茲．阿西西》（Franz Assisi）。

一九〇五　長子布魯諾誕生於十二月（Bruno Hesse, 1905-1999，畫家／插畫家）。

一九〇六　《車輪下》正式出版。

《三月雜誌》（März）創刊，是一份鼓吹自由、反對德皇威廉二世統治的雜誌，赫塞直到一九一二年都列名共同出版人。

一九〇七　出版短篇小說《人世間》（Diesseits）。在農舍附近另築小屋並入住。

一九〇八　出版短篇小說《鄰居》（Nachbarn）。

一九〇九　次子海納誕生於三月（Hans Heinrich Hesse, 1909-2003，裝潢設計師）。

一九一〇　小說《生命之歌》（Gertrud）在慕尼黑出版。

一九一一　三子誕生於七月（Martin Hesse, 1911-1969，攝影師）。

詩集《行路》（Unterwegs）在慕尼黑印行。

九月至十二月偕畫家友人一同前往印度。

一九一二　出版短篇小說《崎嶇路》（Umwege）。
和家人遷居瑞士伯恩，住進逝世友人也是畫家亞伯特．威爾堤（Albert Welti）的房子，此後終生未再返回德國。

一九一三　出版《來自印度，印度遊記》（Aus Indien. Aufzeichnungen einer indischen Reise）。

一九一四　費雪出版社三月出版小說《羅斯哈德之屋》（Roßhalde）。
第一次世界大戰爆發，赫塞登記自願服役，卻因資格不符被拒。
一五年被分發到伯恩，服務於「德國戰俘福利處」，直到一九年為法、英、俄、義各地的德國戰俘提供讀物，出版戰俘雜誌。
一七年成立專為戰俘服務的出版社，直到一九年為止赫塞共編輯了二十二本書，在德、瑞士及奧地利報章雜誌發表許多和平主義相關文章、公開信等。

一九一五　戰爭之初赫塞即公開發表一些反戰言論，此舉引起法國文學家、和平主義者羅曼．羅蘭（Romain Rolland, 1866-1944，是年獲頒諾貝爾文學獎）的共鳴，主動寫信向赫塞致意，兩人從此展開跨國際友誼。

一九一六　赫塞的父親逝世，妻子開始出現精神分裂症狀，最小的兒子罹患危及生命的腦膜炎，德國境內對赫塞的政治性抨擊日益強烈，最後導致赫塞神經不堪負荷，到瑞士琉森接受榮格（C. G. Jung, 1875-1961）的學生所進行的初次精神治療。

《德國戰俘報》及《德國戰俘周日報》創刊。

一九一七　德國國防部禁止赫塞出版批評時事的文字，開始以筆名愛米爾・辛克萊（Emil Sinclair）在報章雜誌發表文章、寫作。

一九一九　在伯恩匿名出版政治性傳單《查拉圖斯特拉再現，一個德國人想對德國年輕人說的話》（Zarathustras Wiederkehr. Ein Wort an die deutsche Jugend von einem Deutschen）。

四月和住進療養院的妻子分居，孩子交給朋友照料。

五月獨自遷居瑞士鐵辛邦（Tessin）蒙塔紐拉（Montagnola）的卡薩卡慕齊之屋（Casa Camuzzi），直到一九三一年。

六月《徬徨少年時》（Demian）於柏林出版，以筆名愛米爾・辛克萊發表。

六、七月間以十個星期的時間完成短篇小說《克萊與華格納》（Klein und Wagner）。

七月首次前往卡羅納（Carona）拜訪提歐及麗莎・溫格（Theo & Lisa Wenger），

進而結識後來的第二任妻子露特・溫格（Ruth Wenger, 1897-1994）。
八月間，赫塞的妻子瑪麗亞原本已另購屋舍，準備日後遷入，卻又再度被送往蘇黎世的精神病院。
十月拜訪蒙塔紐拉友人朗恩博士（Dr. J. B. Lang），並一同前往拜訪露特・溫格。友人也是贊助者，對亞洲頗有研究的葛歐格・萊哈特（Georg Reinhart）先是提供每個月兩百瑞士法朗的資助，後來提高到每個月四百法朗。此時赫塞的財產因為當時德國通貨膨脹只剩下十分之一的價值。
十月底「愛米爾・辛克萊」獲頒馮塔納獎（Fontane-Preis），獎金六百德意志帝國馬克，後來奧托・佛拉克（Otto Flake）揭露辛克萊即為赫塞，於是歸還獎金。
十二月開始為《流浪者之歌》寫下研究筆記。

一九二〇

一月，在巴塞美術館展出水彩畫。
二月，開始寫作《流浪者之歌》。
四月，劇作《歸鄉人》（Heimkehr）第一幕發表。
瑪麗亞原本將兩個較長的孩子帶到身邊，不久後卻又再次被送進療養院。五月底，瑪麗亞擅自離開療養院，卻又被送往另一個精神醫院。六月終於離開精神醫院，落腳鐵辛邦的阿斯寇納（Ascona）。

八月，《流浪者之歌》初稿完成，之後停滯長達一年半。

九月二十六日與羅曼．羅蘭在瑞士盧加諾會面，之後羅蘭也常到蒙塔紐拉拜訪赫塞。

十月中至十一月中因鼻竇炎住院治療。

十二月結識後來為他寫傳記的雨果．巴爾（Hugo Ball）。

一九二二

謄寫《流浪者之歌》第一部，將〈戈塔瑪〉一章寄給巴塞的地方報社刊登。

二月前往蘇黎世接受榮格的心理分析，並且在榮格的「心理分析俱樂部」朗讀作品。

五月，露特．溫格到蒙塔紐拉拜訪赫塞。後來直到七月間多次接受榮格的心理分析。

七月，將《流浪者之歌》第一部正式題字獻給羅曼．羅蘭，發表於《新評論》（Neue Rundschau）。

七月初開始密集拜訪溫格一家，露特的父親強烈要求赫塞與露特結婚。

一九二二

一月於聖加侖（St. Gallen）演講印度藝術和文學。

二月，和愛米爾・諾德（Emil Nolde）聯展水彩畫。

威廉・袞德爾特（Wilhelm Gundert）返回日本途中順道拜訪赫塞。

三月底，赫塞終於重拾《流浪者之歌》第二部的寫作。

五月初完成《流浪者之歌》，五月底，赫塞將手稿寄給費雪出版社。美國詩人艾略特（T. S. Eliot）到蒙特紐拉拜訪赫塞。

六月底，瑞士詩人漢斯・摩根塔勒（Hans Morgenthaler）首次造訪赫塞。

八月十八日至九月二日，國際婦女聯盟在盧加諾召開和平會議，與會者包括喬治・杜阿美（Georges Duhamel）、羅曼・羅蘭、柏特蘭・羅素（Bertrand Russell）等人，赫塞於八月二十一日在大會中朗讀《流浪者之歌》完結篇。

十月，《流浪者之歌——印度詩篇》（Siddhartha, eine indische Dichtung）一書正式由柏林費雪出版社印行，首刷六千本。赫塞將該書手稿送給友人，也是另一位贊助人波德瑪（H. C. Bodmer）。

一九二三　出版《辛克萊筆記》（Sinclairs Notizbuch）。
六月正式和妻子離異。

一九二四　重新取得瑞士國籍。在巴塞著手準備出版企劃。
和露特・溫格結婚。

一九二六　被普魯士藝術學院推選為外部文學院士，三一年又主動退出：「我有種感覺，下一次戰爭發生，這個學院許多人將會蜂擁附和那些重要人士，就像在一九一四年一樣，這些大人物在國家公約裡就一切攸關生死的問題欺騙人民。」

一九二七　出版《紐倫堡之旅》（Die Nürnberger Reise）及《荒野之狼》（Der Steppenwolf），同時由雨果・巴爾撰寫的第一本赫塞傳記在赫塞五十歲生日出版。
依照第二任妻子的願望，兩人離婚。

一九二八～二九　出版少量散文和詩集。

一九三〇　出版《知識與愛情》（Narziß und Goldmund）。

一九三一　遷入波德默（H. C. Bodmer）為他所建並供他餘生居住的房子。
和藝術史學家妮儂・多賓（Ninon Dolbin）結婚。

一九三二　《東方之旅》（Die Morgenlandfahrt）出版於柏林。

一九三二～四三　撰寫晚年巨著《玻璃珠遊戲》（Das Glasperlenspiel）。

一九三四　成為瑞士作家協會一員（該協會成立目的在於防禦納粹文化政策，並提供退休作家更有效的協助）。

詩集《生命之樹》（Vom Baum des Lebens）出版。

一九三九～四五　納粹德國政權將赫塞作品列入「不受歡迎名單」內，《車輪下》、《荒野之狼》、《觀察》（Betrachtung）、《知識與愛情》、《世界文學圖書館》（Eine Bibliothek der Weltliteratur）不得再版。原本費雪出版社計畫出版的《赫塞全集》被迫改在瑞士印行。

一九四二　費雪出版社無法取得印行《玻璃珠遊戲》許可。赫塞全集第一冊《散文詩》，在蘇黎世印行。

一九四三　自行在蘇黎世出版《玻璃珠遊戲》。

一九四四　納粹蓋世太保逮捕赫塞作品出版人舒爾坎普（Peter Suhrkamp）。

一九四五　出版《貝爾托德，小說殘篇》（Berthold, ein Romanfragment）、《夢幻之旅》

（Traumfährte）（新的短篇小說和童話作品）。

一九四六　在蘇黎世出版《戰爭與和平》（Krieg und Frieden），收錄一九一四年以來有關戰爭和政治的觀察評論，之後赫塞的作品又得以在德國印行。

法蘭克福市授與「歌德獎」。獲頒諾貝爾文學獎。

一九五〇　赫塞鼓勵舒爾坎普成立自己的出版公司，此後赫塞作品都由該出版社發行。

一九五二　舒爾坎普出版社印製六冊的《赫塞全集》當作赫塞七十五歲生日的祝賀版本。

一九五四　《皮克托變形記，童話一則》（Piktors Verwandlung. Ein Märchen）出版於法蘭克福。《赫塞與羅蘭書信集》（Der Briefwechsel: Hermann Hesse – Romain Rolland）在蘇黎世出版。

一九五五　《召喚，晚年散文新篇集》（Beschwörungen, Späte Prosa / Neue Folge）出版，獲頒德國書商和平獎（Friedenspreis des Deutschen Buchhandels）。

一九六二　八月九日，赫塞逝世於蒙塔紐拉。

國家圖書館出版品預行編目（CIP）資料

流浪者之歌 / 赫曼赫塞著；柯晏邾譯.
-- 初版. -- 臺北市：遠流, 2013.10
面； 公分. --（赫曼赫塞作品集；E0502）
譯自：Siddharta
ISBN 978-957-32-7268-7（平裝）
875.57 102016121

赫曼赫塞作品集 E0502

流浪者之歌

作者：赫曼．赫塞（Hermann Hesse）
譯者：柯晏邾

總編輯：黃靜宜
主編：張詩薇
執行編輯：高竹馨
校文：陳錦輝
行銷企劃：葉玫玉、沈嘉悅
封面設計：林小乙
內文版型：丘銳致
排版印刷：中原造像股份有限公司

發行人：王榮文
出版發行：遠流出版事業股份有限公司
地址：104005 台北市中山北路一段 11 號 13 樓
電話：（02）2571-0297
傳真：（02）2571-0197
劃撥帳號：0189456-1
著作權顧問：蕭雄淋律師
初版一刷：2013 年 10 月 1 日
初版三十二刷：2024 年 3 月 20 日
定價：新台幣 300 元
ISBN 978-957-32-7268-7

遠流博識網 http://www.ylib.com
e-mail:ylib@ylib.com